悪《あく》ノ物語《ものがたり》

紙《かみ》の悪《あく》魔《ま》と秘《ひ》密《みつ》の書《しょ》庫《こ》

mothy_《モッチー》 悪ノ《あくの》 P《ピー》／著
柚木《ゆずき》きひろ、△○□×（みわしいば）／イラスト

PHP
ジュニアノベル

AKU NO MONOGATARI

KAMI NO AKUMA TO HIMITSU NO SHOKO

目次《もくじ》

1話《わ》

古《ふる》いなあ。

そのマンションを外《そと》から見《み》た時《とき》、イツキが最初《さいしょ》に思《おも》った感想《かんそう》がそれだった。

良《よ》く言《い》えば古風《こふう》。

悪《わる》く言《い》えば古《ふる》くさい。

別《べつ》におんぼろってわけじゃない。きちんと手入《てい》れはされているみたいで壁《かべ》には目立《めだ》ったよごれはないし、穴《あな》があいたりもしていない。

それでもやっぱり、イツキの心《こころ》には少《すこ》しだけ、不満《ふまん》な気持《きも》ちがあった。本当《ほんとう》ならこんな中古《ちゅうこ》のマンションの一室《いっしつ》じゃなく、真新《まあたら》しい一軒家《いっけんや》に引《ひ》っこす予定《よてい》だったのだから。

「いいじゃないか。レトロな感《かん》じで」

イツキとはちがい、父《とう》さんはわりとここのことを気《き》に入《い》ったようだった。

引《ひ》っこし先《さき》の住《す》まいを今日《きょう》初《はじ》めて見《み》たのはイツキだけじゃない。父《とう》さんもだ。普通《ふつう》ならありえない話《はなし》だが、これにはいろいろと事情《じじょう》がある。

「まあ、夏休《なつやす》みの間《あいだ》だけだから」

イツキの気持《きも》ちに気《き》がついたのか、父《とう》さんはなだめるようにそう言《い》ったあと、さっさとマンションの中《なか》に入《はい》っていってしまった。

すぐそのあとについていく気《き》になれなかったのは、まだ昼《ひる》なのにもかかわらず一階《いっかい》の窓《まど》のカーテンが全《すべ》て閉《し》まっていたからかもしれない。

中《なか》が見《み》えないことが、イツキの心《こころ》にわずかな不安《ふあん》をいだかせていた。

……もちろん、この中《なか》にゆうれいやモンスターがいるだなんて思《おも》っているわけじゃないけど。

そのカーテンの一《ひと》つが勢《いきお》いよく開《ひら》いた。

「やあ、イツキくん。よく来《き》たね」

さらに窓《まど》を開《あ》けて話《はな》しかけてきたのは、このマンションの持《も》ち主《ぬし》でもある伯父《おじ》さんだ。

「こんにちは」

近《ちか》づいてあいさつすると、うす暗《ぐら》い部屋《へや》の中《なか》にたくさんの本棚《ほんだな》が立《た》ち並《なら》んでいるのに気《き》がついた。父《とう》さんもいる。

「そんなところにいないで、早《はや》く中《なか》に入《はい》ってきなさい」

父《とう》さんにうながされたので、イツキはかけ足《あし》でマンションの玄関《げんかん》に入《はい》った。

すぐ目《め》の前《まえ》に上《うえ》に向《む》かうための階段《かいだん》が見《み》えたがそれは無視《むし》して、父《とう》さんたちの声《こえ》が聞《き》こえてくる左《ひだり》の部屋《へや》の扉《とびら》を開《あ》ける。

その部屋《へや》は、予想《よそう》していたよりもずっと広《ひろ》かった。たぶんマンション一階《いっかい》の左半分《ひだりはんぶん》は全《すべ》て、この部屋《へや》だ。イツキが入《はい》ってきたもの以外《いがい》にもいくつかの扉《とびら》があり、その間《あいだ》をうめるように本棚《ほんだな》が置《お》かれていた。

それらの中《なか》には無数《むすう》の本《ほん》がしきつめられている。マンションの見《み》た目《め》と同様《どうよう》、古《ふる》めかしくて地《じ》味《み》なデザインの本《ほん》だ。

「図書館《としょかん》みたいですね」

イツキが素直《すなお》な感想《かんそう》を述《の》べると、伯父《おじ》さんは少《すこ》しはにかむように笑《わら》った。

「壁《かべ》を取《と》りはらって一部屋《ひとへや》にしたんだ。こちらだけじゃなく反対側《はんたいがわ》も同《おな》じようにね。一階《いっかい》は全《ぜん》部《ぶ》、本《ほん》の置《お》き場所《ばしょ》になっている」

父《とう》さんが部屋《へや》を見回《みまわ》しながら、伯父《おじ》さんにたずねる。

「これ、全部《ぜんぶ》マサキさんのコレクションですか？」

「今《いま》はね。だがもともとは親父《おやじ》の物《もの》だよ。このマンションといっしょにおれが相続《そうぞく》したんだ」

伯父《おじ》さんのお父《とう》さん——つまりイツキにとってはお祖父《じい》さんにあたる人《ひと》のことだ。

イツキにはお祖父《じい》さんに関《かん》する思《おも》い出《で》はほとんどない。

六歳《ろくさい》の時《とき》、一度《いちど》だけ入院《にゅういん》しているお祖父《じい》さんに会《あ》いに行《い》ったことはあった。

その時《とき》は母《かあ》さんと一緒《いっしょ》に駅《えき》まで行《い》って、そこで赤《あか》い自動車《じどうしゃ》に乗《の》った母《かあ》さんのお兄《にい》さん——マサキ伯父《おじ》さんと待《ま》ち合《あ》わせして。

病院《びょういん》で見《み》たお祖父《じい》さんはずっとねむったままで、結局《けっきょく》その日《ひ》は一度《いちど》もお祖父《じい》さんと会話《かいわ》することなく帰《かえ》ったことを覚《おぼ》えている。

お祖父《じい》さんが亡《な》くなったという電話《でんわ》が母《かあ》さんにかかってきたのは、それから数《すう》か月後《げつご》のことだった。

「——本《ほん》のいくつかはキョウコにゆずるつもりだったんだけどね。あいつ、じゃまになるからいらないって」

伯父《おじ》さんがそう言《い》いながら、ため息《いき》をついた。

キョウコというのは、イツキの母親《ははおや》の名前《なまえ》だ。

その母《かあ》さんは先《さき》にこのマンションに着《つ》いて、今《いま》は二階《にかい》の部屋《へや》で荷物《にもつ》の整理《せいり》をしているはずだった。

「イツキくん、本《ほん》は好《す》きかい？」

ふいに伯父《おじ》さんがそう聞《き》いてきた。

「うん。でも……ちょっと見《み》てもいい？」

適当《てきとう》な本《ほん》を指《ゆび》さしイツキがたずねると、伯父《おじ》さんが無言《むごん》でうなずいたので、その本《ほん》を棚《たな》からぬき取《と》ってページを開《ひら》いてみる。

「……やっぱり。ぼくにはちょっと難《むずか》しくて読《よ》めそうにないや」

「ハハハ。それは洋書《ようしょ》だからな。さすがに小学生《しょうがくせい》に英文《えいぶん》は厳《きび》しいか。でも、この中《なか》には日本語《にほんご》で書《か》かれた本《ほん》もちゃんとある。子供向《こどもむ》けの童話集《どうわしゅう》なんかもね……これなんかどうだろう？」

そう言《い》って伯父《おじ》さんは別《べつ》の本《ほん》を棚《たな》から取《と》り出《だ》し、イツキにわたしてきた。

「……『ヘンゼルとグレーテル』って。さすがにちょっと子供向《こどもむ》け過《す》ぎるよ」

「お、そうか？　うちのハルトなんかはこのレベルでも放《ほう》り出《だ》してしまうけどね」

「『ハルト』？」

「おれの息子《むすこ》だよ。そういえばイツキくんはまだ会《あ》ったことがなかったか。今《いま》はサッカーの練習《れんしゅう》に行《い》っているから、帰《かえ》ってきたら紹介《しょうかい》するよ。夏休《なつやす》みが明《あ》けたら同級生《どうきゅうせい》になるだろうしな」

つまり、その「ハルト」くんはイツキと同《おな》じ小学五年《しょうがくごねん》生《せい》ということのようだ。

伯父《おじ》さんが話《はなし》を続《つづ》ける。

「まあともかく、夏休《なつやす》みの間《あいだ》はイツキくんも何《なに》かとたいくつだろうからな。こっちにはまだ友達《ともだち》もいないわけだし。ハルトと遊《あそ》んでやってくれてもいいし、もしあいつと気《き》が合《あ》わないようなら……ひまつぶしにここを図書館代《としょかんが》わりにしてくれてもいい」

「勝手《かって》にここの本《ほん》を読《よ》んでもいいの？」

「ああ。正直《しょうじき》な話《はなし》、おれもここにある本《ほん》の大半《たいはん》はほとんど手《て》に取《と》ることすらしていないんだ。せっかくの本《ほん》も、読《よ》まれないままではかわいそうだからな。ただ、どれも大事《だいじ》な本《ほん》だ。ここから持《も》ち出《だ》したりはしないでくれ」

「うん。わかった」

「……あ、それと」

伯父《おじ》さんは奥《おく》にある扉《とびら》を指《ゆび》さす。

構造上《こうぞうじょう》、この部屋《へや》の扉《とびら》のほとんどは外《そと》のろうかへとつながっているみたいだが、その黒《くろ》い扉《とびら》だけはちがうようだった。

「あそこは、また別《べつ》の小《ちい》さな書庫《しょこ》への入口《いりぐち》だ。そこにはとっても貴重《きちょう》な物《もの》が保管《ほかん》されているから、入《はい》らないでほしいんだ」

「何《なに》があるの？　やっぱり本《ほん》？」

「……それは秘密《ひみつ》だ」

そんな言《い》い方《かた》をされると、余計《よけい》に気《き》になってしまう。だけどあまり変《へん》に探《さぐ》りを入《い》れて、常識《じょうしき》のない子《こ》だと思《おも》われるのもいやだったので、イツキは「わかった」とだけ答《こた》えた。

「――さて、そろそろ行《い》こうか、イツキ」

父《とう》さんがイツキのかたに手《て》を置《お》いた。

「母《かあ》さんのきげんが悪《わる》くなる前《まえ》に、荷物《にもつ》の整理《せいり》を手伝《てつだ》わないとな」

イツキはうなずいたが、本音《ほんね》ではあまり気《き》が進《すす》んでいなかった。

――どうせ九月《くがつ》になれば、また荷造《にづく》りをやり直《なお》すことになるっていうのに。

「では……マサキさん、また」

父《とう》さんがろうかへの扉《とびら》のノブに手《て》をかけながら、伯父《おじ》さんにそうあいさつする。

「おう。何《なに》か困《こま》ったことがあったら気軽《きがる》に声《こえ》をかけてくれ。おれの部屋《へや》は201号室《ごうしつ》――君《きみ》たちの部屋《へや》のとなりだから」

イツキは父《とう》さんと一緒《いっしょ》に頭《あたま》を下《さ》げた後《あと》、図書室《としょしつ》を出《で》た。

2話《わ》

引《ひ》っこしの日《ひ》から三日《みっか》ぐらいは近所《きんじょ》を散歩《さんぽ》して、新《あたら》しい町《まち》の景色《けしき》を眺《なが》めた。

夏休《なつやす》み明《あ》けから通《かよ》う予定《よてい》の、学校《がっこう》への通学路《つうがくろ》も覚《おぼ》えた。

その後《ご》は引《ひ》っこし直前《ちょくぜん》に買《か》ったテレビゲームをやったりしていたが、それもすぐにあきてしまった。新《あたら》しいゲームを買《か》うにしても、おこづかいが足《た》りない。

（はあー。もっと別《べつ》のゲームソフトにしておけばよかった）

後悔《こうかい》しても使《つか》ったお金《かね》はもう、もどってこない。

お金《かね》に意思《いし》とつばさがあって、自分《じぶん》のところへ飛《と》んできてくれるなら別《べつ》だが、そんなことはありえないのだ。

次第《しだい》にイツキは、マンション一階《いっかい》の「図書室《としょしつ》」でひまをつぶすことが多《おお》くなっていった。

ここにある本《ほん》は古《ふる》いものばかりだが、イツキの興味《きょうみ》をひくような内容《ないよう》の小説《しょうせつ》なんかも、少《すこ》しだけだがあった。

その中《なか》の一冊《いっさつ》を手《て》に取《と》り、近《ちか》くの椅子《いす》に座《すわ》って昨日《きのう》の続《つづ》きから読《よ》みはじめる。

本《ほん》が日焼《ひや》けしてしまうので、カーテンは開《あ》けないようにと伯父《おじ》さんからは言《い》われている。

それでもカーテンのすきまからは、八月《はちがつ》の強《つよ》い日差《ひざ》しがわずかに入《はい》りこんできていた。エアコンはちゃんと効《き》いているので快適《かいてき》だ。

本《ほん》の中《なか》でめしつかいがとなりの国《くに》の商人《しょうにん》と話《はな》しはじめたころ、イツキの背後《はいご》で扉《とびら》が開《ひら》く音《おと》が聞《き》こえた。

「よう。ひまそうだな」

話《はな》しかけてきたのはハルトだった。今日《きょう》はサッカーの練習《れんしゅう》が休《やす》みのようだ。

ボールではなく真新《まあたら》しいノートを一冊《いっさつ》、右手《みぎて》に持《も》っている。

「こんにちは」

イツキは少《すこ》しよそよそしい態度《たいど》で、あいさつを返《かえ》した。

たぶん自分《じぶん》とはタイプのちがう人間《にんげん》、というのがイツキのハルトに対《たい》する印象《いんしょう》だった。活発《かっぱつ》でスポーツが得意《とくい》――おそらくサッカーでのポジションもフォワードとかなんだろう。

一方《いっぽう》のイツキは、たまに遊《あそ》びのサッカーに参加《さんか》したとしても、たいていディフェンスかキーパーをやらされるタイプなのだ。

ハルトは窓《まど》ぎわにある椅子《いす》にドカッといきおいよく座《すわ》った後《あと》、机《つくえ》にひじを置《お》きながらイツキにこうたずねてきた。

「本《ほん》とか読《よ》んでて楽《たの》しい？」

「……うーん、まあ、それなりには」

「ゲームとかやんないの？」

「やるよ。でも、あきちゃって」

「じゃあ、スマホは？」

「持《も》ってない」

「ふーん」

そこで会話《かいわ》がとぎれた。

「……」

しばらくするとハルトは気《き》まずさをごまかすかのように、持《も》っていたノートを机《つくえ》に広《ひろ》げた。

「だるいよなあ、日記《にっき》とか」

「……」

「お前《まえ》は？　宿題《しゅくだい》とか早《はや》めに終《お》わらせちゃうタイプ？」

「宿題《しゅくだい》は……出《だ》されてないんだ」

「そうか……いいなあ。夏休《なつやす》みに引《ひ》っこしたやつの特権《とっけん》ってやつだ」

学校《がっこう》によってはちがうのだろうが、イツキの場合《ばあい》は夏休《なつやす》みの宿題《しゅくだい》をしなくてもいいことになっていた。ラッキーではあるけれど、それがひまでひまで仕方《しかた》ない現状《げんじょう》をつくっている。

ハルトの質問《しつもん》は続《つづ》く。

「でもさ、夏休《なつやす》みが終《お》わったら、このマンションからは出《で》ていくんだろ？」

「……うん」

「それでも行《い》く学校《がっこう》はおれと同《おな》じなんだ？」

「次《つぎ》の家《いえ》も、ここから近《ちか》い場所《ばしょ》にあるから」

「そもそもさ。なんでそんなめんどくさいことになってんの？　一《いっ》か月《げつ》だけここで暮《く》らすなんてさ」

「なんか、不動産屋《ふどうさんや》さんだか大工《だいく》さんだかの手《て》ちがいがあったみたいで、まだ新《あたら》しい家《いえ》が完成《かんせい》していないんだって」

「じゃあそれまで、前《まえ》の家《いえ》にいればいいじゃん」

「それがわかる前《まえ》に売《う》っちゃったんだ。新《あたら》しい人《ひと》たちがもう住《す》んでいるから……」

「……なるほどねえ」

正《ただ》しく言《い》えばこれは父《とう》さんの確認《かくにん》ミスが原因《げんいん》で起《お》こったことで、そのせいで父《とう》さんは母《かあ》さんからこっぴどく怒《おこ》られた。

その後《ご》、いろいろと考《かんが》えた末《すえ》に母《かあ》さんが思《おも》いついたのが、伯父《おじ》さんの経営《けいえい》するこのマンションの一室《いっしつ》を一《いっ》か月《げつ》だけ借《か》りることだったわけだ。

親類《しんるい》であること、そして空《あ》き部屋《べや》があったこともあって、特別《とくべつ》に家賃《やちん》ははらわなくていいことになったらしい。

「家《いえ》を建《た》てたばかりでお金《かね》がないんだから、少《すこ》しでも節約《せつやく》した方《ほう》がいいでしょ？」

母《かあ》さんがまだ半分怒《はんぶんおこ》りながら、父《とう》さんにそう言《い》ったのを覚《おぼ》えている。

引《ひ》け目《め》のある父《とう》さんは、母《かあ》さんのこの提案《ていあん》を断《ことわ》ることができなかったのだろう。

「……はあー」

ハルトはため息《いき》をつきながら、日記《にっき》を書《か》きはじめた。

だがすぐに手《て》を止《と》めると、ポケットから取《と》り出《だ》したスマートフォンをいじりはじめる。

「……ハルトくんちってさ、お金持《かねも》ちだよね」

「うん？　なんで？」

「スマホとか持《も》ってるし」

「いやいや、スマホ程度《ていど》で金持《かねも》ちとか言《い》われても」

まあたしかに、イツキも別《べつ》に家《いえ》がびんぼうだからスマホを買《か》ってもらえないわけではない。単純《たんじゅん》に両親《りょうしん》の「小学生《しょうがくせい》にスマホなんてまだ早《はや》い」という教育方針《きょういくほうしん》によるものだ。

イツキがハルトの家《いえ》を「お金持《かねも》ち」だと言《い》ったのには、他《ほか》にも理由《りゆう》があった。

「伯父《おじ》さん――ハルトくんのお父《とう》さんってさ、スゴイ脚本家《きゃくほんか》なんでしょ？」

「それは半分《はんぶん》だけ正解《せいかい》だな。『脚本家《きゃくほんか》』なのは事実《じじつ》だけど、『スゴイ』ってのは間違《まちが》いだ」

「でも、父《とう》さんが言《い》ってたよ。伯父《おじ》さんは昔《むかし》、大《だい》ヒットしたドラマの脚本《きゃくほん》を書《か》いたんだ、って」

「知《し》らないよ。おれが赤《あか》んぼうのころの話《はなし》だもん。それに当《あ》てたのはその一発《いっぱつ》だけで、最近《さいきん》は全《ぜん》然《ぜん》みたいだし」

ハルトはスマートフォンの画面《がめん》を見《み》ながら、こう続《つづ》ける。

「このマンションもさ。古《ふる》くさいせいであんまり借《か》り手《て》がいないみたいだし。今《いま》だって半分以上《はんぶんいじょう》が空《あ》き部屋《べや》だもん。なんたって築百年近《ちくひゃくねんちか》いんだぜ」

「築百年《ちくひゃくねん》……それはそれですごいね。でもさすがにそこまで古《ふる》いようには見《み》えないけど」

「何度《なんど》か増築《ぞうちく》とかリフォームとかしたみたいだからな」

そりゃそうか、とイツキは思《おも》った。そんな大昔《おおむかし》に建《た》てられた建物《たてもの》が最初《さいしょ》から四階建《よんかいだ》てだというのも、あまりない話《はなし》だろうし。

「見《み》た目《め》が今《いま》どきっぽくないのは、まあ別《べつ》にいいんだけどさー」

ハルトが不満《ふまん》げにそうつぶやく。

「たまにネズミとか入《はい》りこんでくるんだよな。お前《まえ》——ええと、名前《なまえ》なんだっけ？」

「イツキ。遠藤《えんどう》イツキ」

「ああ、そうだった。イツキはさ、ここに来《き》てからネズミの鳴《な》き声《ごえ》とか聞《き》かなかった？」

ネズミの鳴《な》き声《ごえ》……そう言《い》えば一度《いちど》だけ、聞《き》いたことがあったような気《き》がする。

それは借《か》りている部屋《へや》でじゃなくて——。

イツキは奥《おく》にある黒《くろ》い扉《とびら》を指《ゆび》さした。

「あそこの中《なか》から。ちょっと前《まえ》の日《ひ》の話《はなし》だけど」

「マジかよ！　あそこかー。父《とう》ちゃんもほとんど立《た》ち入《い》ってないみたいだし、ありえるかもなー」

「ハルトくんもあの部屋《へや》には入《はい》ったことないの？」

「そうだな。あの『秘密《ひみつ》の書庫《しょこ》』に入《はい》っていいのは父《とう》ちゃんだけだ。理由《りゆう》はわからないけど……

たぶん、エッチなＤＶＤでもかくしてるんじゃねえかな」

「……」

「興味《きょうみ》ある？」

「いや……別《べつ》に」

ハルトの言《い》った「興味《きょうみ》」の対象《たいしょう》がエッチなＤＶＤのことなのか、それともあの部屋自体《へやじたい》のことなのかわからなかったので、とりあえず否定《ひてい》しておいた。

「まあ、ネズミ退治《たいじ》の業者《ぎょうしゃ》を呼《よ》んだ方《ほう》がいいって、父《とう》ちゃんに言《い》ってみるわ」

ハルトは立《た》ち上《あ》がり、黒《くろ》い扉《とびら》に近《ちか》づくと、そのノブをガチャガチャと回《まわ》す。

「鍵《かぎ》がかかっているから、おれらには確《たし》かめようもないし」

そして机《つくえ》の近《ちか》くにもどると、置《お》いてあったノートを拾《ひろ》い上《あ》げた。

「そろそろ夕飯《ゆうはん》の時間《じかん》だし、おれもう行《い》くわ」

「うん……じゃあ、また」

ハルトはノートを手《て》に、図書室《としょしつ》から出《で》ていった。

……結局《けっきょく》、日記《にっき》は書《か》き終《お》えていないようだったが、だいじょうぶなんだろうか？

そんなことを思《おも》いながら、イツキは読書《どくしょ》を再開《さいかい》した。

3話《わ》

それから数日《すうじつ》たった、ある日《ひ》の夜《よる》。

「おや、まだいたのかい」

図書室《としょしつ》の扉《とびら》をあけた伯父《おじ》さんが、イツキに話《はな》しかけてきた。

「すみません。どうしてもきりのいいところまで読《よ》んでおきたくて」

イツキは持《も》っていた本《ほん》を指《ゆび》さした。

「そうかい。熱心《ねっしん》なのはけっこうだけど、ほどほどにね」

そう言《い》った伯父《おじ》さんの手《て》には、鍵《かぎ》の束《たば》がにぎられていた。

「……あ、もしかして、もう部屋《へや》に鍵《かぎ》をかける時間《じかん》ですか？」

「そのつもりだったんだが……まあいいや。じゃあ鍵《かぎ》を預《あず》けるから、ここを出《で》る時《とき》に代《か》わりに鍵《かぎ》をかけておいてくれ」

「わかりました」

イツキは伯父《おじ》さんから鍵《かぎ》の束《たば》を預《あず》かり、それを机《つくえ》の上《うえ》に置《お》いた。

「くれぐれも忘《わす》れないようにね。おれはもうねるから、これを返《かえ》すのは明日《あす》の朝《あさ》でいい」

「ずいぶんと早《はや》くねるんですね」

「明日《あす》は、朝早《あさはや》くから仕事《しごと》の打《う》ち合《あ》わせがあってね」

「そうですか……出《で》かける前《まえ》に、鍵《かぎ》を返《かえ》した方《ほう》がいいですよね？」

「いや、打《う》ち合《あ》わせ自体《じたい》はこのマンションの中《なか》でするから、昼前《ひるまえ》くらいに返《かえ》してくれたらだいじょうぶだよ」

それを聞《き》いてイツキは安心《あんしん》した。

伯父《おじ》さんに合《あ》わせて早起《はやお》きする必要《ひつよう》はないというわけだ。

「それじゃあ、おやすみ。夏休《なつやす》みだからといってあまりよふかしはしないようにね」

伯父《おじ》さんは図書室《としょしつ》から出《で》ていった。

「……」

イツキは読書《どくしょ》を再開《さいかい》する。

物語《ものがたり》はクライマックスにさしかかっている。王宮《おうきゅう》から逃《に》げ出《だ》し、身分《みぶん》をかくして修道院《しゅうどういん》に入《はい》りこんでいた王女様《おうじょさま》が、その正体《しょうたい》を修道女《しゅうどうじょ》に気《き》づかれてしまったところだ。

――チュウ。

ネズミの鳴《な》き声《ごえ》らしきものが、どこかから聞《き》こえた。
イツキは後《うし》ろをふり向《む》く。
そこにあるのは――あの黒《くろ》い扉《とびら》。
秘密《ひみつ》の書庫《しょこ》への入口《いりぐち》だ。
(……そういえば)
イツキは伯父《おじ》さんから預《あず》かった鍵《かぎ》の束《たば》を見《み》た。
「この中《なか》に、あの扉《とびら》を開《あ》ける鍵《かぎ》も……あるのかな」
入《はい》ってはいけないことはわかっている。
でも……やっぱり少《すこ》しだけ、気《き》になる。
(エッチなDVDのことじゃないぞ。あの中《なか》に何《なに》があるのか、だ)
イツキは自分《じぶん》にそう言《い》い聞《き》かせながら、鍵《かぎ》の束《たば》を手《て》に取《と》った。
再《ふたた》び「チュウ」という鳴《な》き声《ごえ》が、扉《とびら》の先《さき》から聞《き》こえてきた。
今度《こんど》は、さっきよりもはっきりと。

(あんなふうに鳴《な》かれていたんじゃ、気《き》になって読書《どくしょ》に集中《しゅうちゅう》できないもんな)

心《こころ》の中《なか》で言《い》い訳《わけ》をしながら、扉《とびら》の前《まえ》に立《た》つ。

鍵束《かぎたば》の鍵《かぎ》にはそれぞれ、どこ用《よう》のものであるのかがわかりやすいよう、ラベルの上《うえ》に文字《もじ》が書《か》かれている。

図書室用《としょしつよう》……管理人室用《かんりにんしつよう》……屋上用《おくじょうよう》……。

しかし、一《ひと》つだけラベルのはられていない鍵《かぎ》があった。

(これかな?)

その鍵《かぎ》を鍵穴《かぎあな》にさし、回《まわ》してみる。

カチャリ。

どうやら正解《せいかい》だったようで、みごとに鍵《かぎ》が開《あ》いた。

「ちょっと……どんな感《かん》じか見《み》てみるだけ……」

一度《いちど》、耳《みみ》をすます。

伯父《おじ》さんはもう部屋《へや》に戻《もど》ったのだろう。ろうかに人《ひと》の気配《けはい》はない。

ゆっくりと、イツキは黒《くろ》い扉《とびら》を開《あ》けた。

——あまり人《ひと》が出入《でい》りしていないからなのか、少《すこ》しほこりっぽい。

電灯《でんとう》のスイッチは、入《はい》ってすぐの壁《かべ》にあった。

ひかえめな光《ひかり》が部屋《へや》の中《なか》を照《て》らす。

そこには……やはり本棚《ほんだな》があった。

（当《あ》たり前《まえ》だよね。書庫《しょこ》だって言《い》っていたんだから）

だけど、そこにおさめられているのは……本《ほん》じゃない。

紙《かみ》だ。

色《いろ》あせた紙《かみ》の束《たば》が、びっしりと棚《たな》の中《なか》にしきつめられているのだ。

その本棚《ほんだな》の他《ほか》には、小《ちい》さな机《つくえ》と椅子《いす》が一組《ひとくみ》、あるだけだった。

ネズミらしき生き物《もの》の姿《すがた》は、どこにも見《み》えない。

鳴《な》き声《ごえ》も、もう聞《き》こえなくなっていた。

いなくなったのか、それとも部屋《へや》のすみにでもかくれているのかはわからないが、とりあえず今《いま》は気《き》にしないでおこう。

見《み》たところ、わざわざ人《ひと》の出入《でい》りを禁止《きんし》する必要《ひつよう》があるほど、高価《こうか》な品物《しなもの》があるわけでもなさそうだった。

ということは、やはり「秘密《ひみつ》」なのは——あれらの紙束《かみたば》に書《か》かれている、何《なに》かなんだろうか。

「財宝《ざいほう》のありかとか？　……そんなわけないか」

これ以上《いじょう》、勝手《かって》に探《さぐ》るのは良《よ》くないことかもしれない。

イツキだって、自分《じぶん》の部屋《へや》を知《し》らないうちに母《かあ》さんにそうじされた時《とき》なんかは、いつだってふきげんになるものだ。

「好奇心《こうきしん》はねこを殺《ころ》す」なんて言葉《ことば》もある。

これはたしか……イギリスのことわざだったっけか。

(だけど『好奇心《こうきしん》を失《うしな》ってはならない』って格言《かくげん》もあった気《き》がするぞ)

だれの言葉《ことば》だったかは、忘《わす》れてしまったけれども。

たしかなのは、イツキはイギリス人《じん》ではないということだ。

(だから別《べつ》に、イギリスのことわざに従《したが》う必要《ひつよう》はないよね)

イツキは意《い》を決《けっ》して、紙束《かみたば》の一《ひと》つを手《て》に取《と》った。

「ちょっとだけ……何《なに》が書《か》いてあるのか確認《かくにん》するだけ……」

紙《かみ》を束《たば》ねているひもをほどき、一番表《いちばんおもて》にある紙《かみ》をめくってみる。

そこには——ミミズがはっているような文字《もじ》が、手書《てが》きで書《か》き連《つら》ねてあった。

「英語《えいご》じゃあ……ないよな。縦書《たてが》きだし。でもなんて書《か》いてあるのか、読《よ》めないや」

イツキは改《あらた》めて、棚《たな》の紙束《かみたば》を見《み》る。

紙《かみ》の質《しつ》は束《たば》ごとにちがうみたいだが、いずれも古《ふる》いものであることにまちがいはなさそうだ。

(やっぱり……価値《かち》のあるものなのかな。たぶん、外《そと》にある本《ほん》よりも、ずっと)

それならば、伯父《おじ》さんがここに入《はい》らないように言《い》ったのも納得《なっとく》だ。

手《て》に持《も》っている紙《かみ》を、破《やぶ》いたりしないようていねいにめくっていく。

やはり読《よ》めそうにない。きっとこれは暗号《あんごう》とかではなく、昔《むかし》の文字《もじ》なのだろう。

江戸時代《えどじだい》とか、あるいはもっと大昔《おおむかし》の。

(——あ。文字《もじ》だけじゃなくて、イラストもあるぞ)

それはスミでえがかれた、動物《どうぶつ》の絵《え》だった。

「これは……ネズミかな？　まさかさっきの鳴《な》き声《ごえ》は、この絵《え》のネズミのものだったりして」

もちろん、じょうだんで言《い》ったつもりだった。

だが。


――チュウ。


また鳴《な》き声《ごえ》だ。

しかも、それが聞《き》こえてきたのは――。

まちがいなく、この絵《え》の中《なか》からだった。

それだけじゃない。

次《つぎ》のしゅんかん、今度《こんど》は鳴《な》き声《ごえ》じゃなく、人《ひと》の話《はな》し声《ごえ》が聞《き》こえてきたのだ。

「我《われ》はネズミなどではない……ハムスターだ！」

「うわっ!?」

おどろきのあまり、思《おも》わず紙束《かみたば》を落《お》としてしまった。

やがてゆかに散《ち》らばった紙《かみ》のうち、一枚《いちまい》だけがゆっくりとうかびはじめる。

それはネズミ――いや、ハムスターか――が、えがかれたあの紙《かみ》だ。

次《つぎ》にその紙《かみ》は、空中《くうちゅう》で折《お》り紙《がみ》のように折《お》れ曲《ま》がりはじめた。

「……」

その様子《ようす》に、思《おも》わず見入《みい》ってしまう。

紙《かみ》は最終的《さいしゅうてき》には、立体的《りったいてき》なハムスターの形《かたち》へと変形《へんけい》していた。

紙《かみ》のハムスターは、クルクルと回《まわ》りながらゆかへと降《お》り立《た》つ。

「こうして人間《にんげん》に会《あ》うのも久《ひさ》しぶりだな。礼《れい》を言《い》うぞ、人間《にんげん》の子《こ》よ」

「……別《べつ》に、感謝《かんしゃ》されるようなことをしたつもりはないけど」

「我《われ》を解放《かいほう》してくれたではないか」

「いや、そんな覚《おぼ》えは――」

「我《われ》をとらえていた、いまわしき封印《ふういん》……貴様《きさま》は我《われ》の呼《よ》び声《ごえ》に応《こた》え、それをほどいた」

「まさか……このひものこと!?」

イツキは手《て》に持《も》ったままのひもに目《め》を移《うつ》した。

よく見《み》るとひもには、とても小《ちい》さな文字《もじ》でじゅもんのようなものが書《か》かれていた。

「さあ、人《ひと》の子《こ》よ！　この『ごうまんの悪魔《あくま》』マリー様《さま》に何《なに》を望《のぞ》む？　我《われ》とけいやくし、その心《こころ》を委《ゆだ》ねるのだ!!」

「悪魔《あくま》？　ハムスターじゃなくて？」

「見《み》た目《め》はな。だがその正体《しょうたい》は、人《ひと》の欲望《よくぼう》を満《み》たすべく存在《そんざい》する、まぎれもない悪魔《あくま》なのだ！

ハーハッハッハ!!」

……なんか、よくわからないけど……いろいろとヤバそうだ。

……よし。

逃《に》げよう。

——とはいえ散《ち》らばった紙《かみ》と、このハムスターをそのままにしてはおけない。

「さあ、願《ねが》いを言《い》うのだ、人《ひと》の子《こ》よ!!」

とりあえず、声《こえ》がでかい。

「……あの、もう少《すこ》し小《ちい》さな声《こえ》でしゃべってもらえますか？」

「ん？　なんでだ？」

「今《いま》、もう夜《よる》なんで」

「そうか、わかった」

悪魔《あくま》というのは、意外《いがい》と聞《き》き分《わ》けが良《よ》いようだ。

「それと……いったん、元《もと》の姿《すがた》にもどってもらってもいいですか？」

「なんでだ？」

「えっと……あのイラストを、もう一回《いっかい》ちゃんと見《み》たいかな、って」

「――まあ、よいだろう」

ハムスターは再《ふたた》びうかび上《あ》がると、あっという間《ま》に一枚《いちまい》の紙《かみ》きれへともどった。

イツキはそれを手《て》に取《と》ると、急《いそ》いで他《ほか》の紙《かみ》もかき集《あつ》め、持《も》っていたひもで一《ひと》つに束《たば》ねた。

順番《じゅんばん》は元通《もとどお》りではないだろうが、この際《さい》仕方《しかた》ない。

「なっ!?　貴様《きさま》、我《われ》をだましたな！」

おどろいたのは悪魔《あくま》だけではなく、イツキの方《ほう》もだった。

よくもまあ、こんな簡単《かんたん》にひっかかってくれたものだ。

紙束《かみたば》を元《もと》あった場所《ばしょ》におしこんだ後《あと》、イツキは電気《でんき》を消《け》しつつ急《いそ》いで外《そと》に出《で》て、扉《とびら》に鍵《かぎ》をかける。

ハムスターの鳴《な》き声《ごえ》が扉《とびら》の向《む》こうから聞《き》こえてきていたが、それを無視《むし》してイツキは図書室《としょしつ》を飛《と》び出《だ》し、階段《かいだん》をかけ上《あ》がり、２０２号室《ごうしつ》――自宅《じたく》へと帰《かえ》った。

母《かあ》さんがイツキをでむかえてくれる。

「お帰《かえ》り。ずいぶんとおそかったじゃない」

「うん……」

「まあ、読書《どくしょ》は悪《わる》いことじゃないわ。でもそろそろねなさい」

イツキは無言《むごん》でうなずき、自分《じぶん》の部屋《へや》にもどると鍵《かぎ》の束《たば》を勉強机《べんきょうづくえ》の上《うえ》に放《ほう》り投《な》げ、そのままベッドにもぐりこんだ。

胸《むね》がドキドキしていたが、それもしばらくの間《あいだ》だけだった。

やがてそのまま、イツキはねむりについた。

4話《わ》

翌朝《よくあさ》、まず昨夜《ゆうべ》のことは夢《ゆめ》だったんじゃないかとイツキは考《かんが》えた。

だが、そうではないことにすぐに気《き》がついた。

……あるいは、まだ夢《ゆめ》から覚《さ》めていないのかもしれない。

「目覚《めざ》めたか、イツキよ」

あの紙《かみ》のハムスターが、まくら元《もと》にいた。

「……ええと、いくつか質問《しつもん》があるんだけど」

「言《い》ってみよ」

「なんでここにいるの!?　それと、どうしてぼくの名前《なまえ》を知《し》ってるの!?」

「ふむ。まず一《ひと》つ目《め》の問《と》いについてだが、我《われ》は貴様《きさま》とけいやくしたのだから、そばにいるのは当《とう》然《ぜん》のことだ。貴様《きさま》は我《われ》を再《ふたた》び封印《ふういん》したつもりだったかもしれないが、一度《いちど》けいやくが成立《せいりつ》した以《い》上《じょう》、あんなひもはもう、無意味《むいみ》だ」

「けいやくしたつもりなんてないけど」

「貴様《きさま》は我《われ》に願《ねが》いごとをしたではないか。『小《ちい》さな声《こえ》でしゃべれ』『いったん元《もと》の姿《すがた》にもどれ』とな。ぜいたくなことに二《ふた》つもだ」

「まさか……あれでけいやくが成立《せいりつ》しちゃったって言《い》うの!?」

おどろくイツキを無視《むし》して、悪魔《あくま》は話《はなし》を続《つづ》ける。

「もう一《ひと》つ。貴様《きさま》の名前《なまえ》だが、この部屋《へや》にある物《もの》のあちこちに書《か》いてあったからな。それで覚《おぼ》えた」

「……えっと、君《きみ》の方《ほう》は……なんて名前《なまえ》だっけ？」

「マリーだ！」

「もしかして、メスのハムスターなの？」

「メスと言《い》うな！　女《おんな》の子《こ》と言《い》え！　……まあ、性別《せいべつ》としてはそういうことになるな」

「はあ……」

このマンション、ペットを飼《か》うのはOKだっただろうか？

(いやいや、問題《もんだい》はそんなことじゃないぞ)

まず、紙《かみ》のハムスターが意思《いし》を持《も》ってしゃべっていること自体《じたい》、もういろいろとありえない。

——そう、ありえない話《はなし》なのだが、こうして現実《げんじつ》にそれが起《お》こっている以上《いじょう》、とりあえず受《う》け入《い》れなくては。

できればだれかに相談《そうだん》したいところだけど……現状《げんじょう》では難《むずか》しい。それは、イツキが許可《きょか》なくあの秘密《ひみつ》の書庫《しょこ》に入《はい》ったという事実《じじつ》を白状《はくじょう》することにもつながるからだ。

伯父《おじ》さんは優《やさ》しいが、ああいう人《ひと》が怒《おこ》った時《とき》ほどものすごく怖《こわ》かったりするものだ。

（……謝《あやま》ってすむ問題《もんだい》じゃなさそうだし）

マリーがここにいるということは、つまりイツキは秘密《ひみつ》の書庫《しょこ》から紙《かみ》を一枚《いちまい》、勝手《かって》に持《も》ち出《だ》したということになる。しかも現状《げんじょう》、戻《もど》し方《かた》もわからない。

そのことを伯父《おじ》さんが知《し》ったら――。

「あ、そうだ。鍵《かぎ》を返《かえ》さないと」

ベッドから降《お》り、机《つくえ》の上《うえ》に置《お》いてある鍵《かぎ》の束《たば》を手《て》に取《と》る。

「外《そと》に出《で》るのか？　イツキ」

ドアノブに手《て》をかけたイツキの背後《はいご》から、マリーが話《はな》しかけてきた。

「うん」

「ならば、我《われ》もつれていけ。久《ひさ》びさに外《そと》の世界《せかい》も見《み》てみたい」

「え？　……いや、伯父《おじ》さんに君《きみ》の姿《すがた》を見《み》せるわけには――」

「貴様《きさま》に断《ことわ》る権利《けんり》はないぞ。これはけいやくの対価《たいか》と心得《こころえ》よ」

「『対価《たいか》』？」

「悪魔《あくま》がタダで望《のぞ》みをかなえると思《おも》ったか？　それには必《かなら》ず、対価《たいか》が必要《ひつよう》となるのだ。つまり、我《われ》が貴様《きさま》の願《ねが》いをかなえるのと引《ひ》きかえに、貴様《きさま》も我《われ》の願《ねが》いをかなえなければならないということだ」

なるほど。たしかに物語《ものがたり》に登場《とうじょう》する悪魔《あくま》というのは、たいていがそんな感《かん》じだ。もっともそういう場合《ばあい》は大体《だいたい》、巨万《きょまん》の富《とみ》を得《え》る代《か》わりに命《いのち》をうばわれる、みたいに大《おお》きな取引《とりひき》が行《おこな》われるものだが。

とりあえずこの小《ちい》さな紙《かみ》の悪魔《あくま》に、イツキの命《いのち》をうばう力《ちから》があるようには見《み》えなかった。

（……見《み》た目《め》だけで判断《はんだん》しちゃいけないかもしれないけど）

イツキはふり返《かえ》り、マリーをなだめるようにこう言《い》った。

「わかった、わかったよ。……でも君《きみ》を外《そと》に連《つ》れていくのは、もうちょっと後《あと》でもいいかな？」

「なぜだ？」

「今《いま》は伯父《おじ》さんに鍵《かぎ》を返《かえ》しにいくだけなんだ。それが済《す》んだらすぐここにもどってくる。朝《あさ》ごはんも食《た》べなきゃいけないからね。時間《じかん》にしたらたぶん数分《すうふん》だ」

「……」

「というか、マンションの外《そと》にも出《で》ないで、となりの部屋《へや》に行《い》くだけだからね。君《きみ》もそれじゃあつまらないだろう？」

「たしかにな」

「鍵《かぎ》を返《かえ》して、ごはんを食《た》べ終《お》わってから——改《あらた》めていっしょに出《で》かけようよ」

「……よかろう。では我《われ》はしばらくここで待《ま》っている」

どうやら納得《なっとく》してくれたようだ。

このマリーという紙《かみ》のハムスターは自分《じぶん》を悪魔《あくま》だと言《い》っているが、正直《しょうじき》イツキは彼女《かのじょ》のことをあまり怖《こわ》いとは感《かん》じていなかった。

不思議《ふしぎ》な存在《そんざい》ではあるけど。


幸《さいわ》い、伯父《おじ》さんはイツキが秘密《ひみつ》の書庫《しょこ》に入《はい》ったことに、まだ気《き》がついていないようだった。

(まあ……鍵《かぎ》もちゃんと閉《し》めたし)

鍵《かぎ》の束《たば》を返《かえ》し、適当《てきとう》に一言二言《ひとことふたこと》の会話《かいわ》をした後《あと》、自宅《じたく》にもどって朝《あさ》ごはんを済《す》ませた。

そして……約束通《やくそくどお》り、マリーと町《まち》に出《で》かけることになった。

5話《わ》

マリーはあまり近《ちか》づいたりしない限《かぎ》りは、その身体《からだ》が紙《かみ》であることすらわからない、ふつうのハムスターに見《み》える。それでもやはり、ハムスターを持《も》ちながら散歩《さんぽ》するのは不自然《ふしぜん》だと彼女《かのじょ》に言《い》ったが、マリーにはちゃんとその対策《たいさく》があった。

――イツキは今《いま》、少《すこ》し変《へん》なうで時計《どけい》を左《ひだり》うでにつけている。

紙製《かみせい》のうで時計《どけい》だ。これもまた遠目《とおめ》に見《み》る限《かぎ》りは特《とく》に問題《もんだい》がない代物《しろもの》だが、その針《はり》はまったく動《うご》いていない。これはマリーが変形《へんけい》した姿《すがた》なのだ。

「マリーはなんにでも変身《へんしん》できるの？」

町《まち》を歩《ある》きながら、小声《こごえ》でうで時計《どけい》にたずねる。

「見《み》たことがある物《もの》ならば、大体《だいたい》は可能《かのう》だ。あまり大《おお》きかったり、小《ちい》さかったりする物《もの》は無理《むり》だが」

「じゃあ、うで時計《どけい》も見《み》たことがあるんだ。外《そと》に出《で》るのは久《ひさ》しぶりだって言《い》ってたけど」

「そうだな。およそ……二十年《にじゅうねん》ぶりくらいか」

「あ、意外《いがい》と最近《さいきん》なんだね。もっと大昔《おおむかし》から閉《と》じこめられているのかと思《おも》ってた」

「最初《さいしょ》に封印《ふういん》されたのは、あの建物《たてもの》が作《つく》られた時《とき》だがな」

たしか……築百年《ちくひゃくねん》くらいだって、ハルトが言《い》っていた。

じゃあ、イツキ以外《いがい》にも、かつてマリーを解《と》き放《はな》ったものがいた――ということなのだろうか？

「ふうむ……しかし、思《おも》ったほど外《そと》の景色《けしき》は変《か》わっておらんな」

マリーは不満《ふまん》そうにそうつぶやく。

「いや……道路《どうろ》は昔《むかし》より広《ひろ》くなったか。それに車《くるま》の数《かず》も多《おお》い」

「そう。なのに横断歩道《おうだんほどう》には信号《しんごう》がないところも多《おお》いんだ。少《すこ》し危《あぶ》ないよね」

実際《じっさい》、イツキは引《ひ》っこしの翌日《よくじつ》に、マンションの前《まえ》の道《みち》であやうく自動車《じどうしゃ》にひかれそうになったことがあった。

「あと……なんだかじめじめしておる」

「夏《なつ》だからね。やっぱり紙《かみ》だから、しめっているのは苦手《にがて》なんだ？」

「まあな。それに火《ひ》もダメだ。この身体《からだ》はよく燃《も》える」

そんな簡単《かんたん》に、自分《じぶん》の弱点《じゃくてん》を言《い》ってしまってよいものなのだろうか？

どうにもこの悪魔《あくま》には、けいかい心《しん》というものが足《た》りていないように思《おも》える。

「そもそも……なんでマリーは紙《かみ》なの？」

「――逆《ぎゃく》に問《と》おう。貴様《きさま》はなぜ、悪魔《あくま》が紙《かみ》でないと思《おも》っている？」

「いや……それは。紙《かみ》の身体《からだ》を持《も》つ悪魔《あくま》が出《で》てくる本《ほん》なんて読《よ》んだこともないし」

「そう。我《われ》ら悪魔《あくま》は空想上《くうそうじょう》の生《い》き物《もの》だ。本《ほん》の中《なか》にしかいない存在《そんざい》なら、その身体《からだ》が本《ほん》と同様《どうよう》、紙《かみ》製《せい》であったとしてもなんら不思議《ふしぎ》ではあるまい」

……よくわかったような、わからないような。

「マリーを封印《ふういん》したのはだれ？　なんであのマンションに？」

「それは……話《はな》せば長《なが》くなる。かつて、あのいまわしき陰陽師《おんみょうじ》たちが――」

「しっ！　……ちょっと、話《はな》すのやめて」

女《おんな》の子《こ》が一人《ひとり》、こちらに向《む》かって歩《ある》いているのが見《み》えた。

ここは自動車《じどうしゃ》の行《い》き来《き》こそ激《はげ》しいが、歩行者《ほこうしゃ》の数《かず》はあまり多《おお》くない通《とお》りだ。

それでもこうして人《ひと》とすれちがうことは、当然《とうぜん》ある。

うで時計《どけい》と会話《かいわ》しているところを見《み》られたら、確実《かくじつ》に変《へん》なやつだと思《おも》われるだろう。

そのあたりはマリーも心得《こころえ》ているのか、素直《すなお》にだまりこむ。

イツキと同《おな》い年《どし》くらいに見《み》えるその女《おんな》の子《こ》が、無表情《むひょうじょう》のままで横《よこ》を通《とお》り過《す》ぎていった。

——と、思《おも》ったのもつかの間《ま》。

「……ちょっと、あなた」

とつぜん女《おんな》の子《こ》は立《た》ち止《ど》まり、イツキに話《はな》しかけてきたのだ。

「え!?　あ、はい。なんですか？」

知《し》り合《あ》いではない。初《はじ》めて見《み》る顔《かお》だ。

イツキより少《すこ》し背《せ》が高《たか》く、かみの毛《け》の長《なが》さはこしくらいまであった。

女《おんな》の子《こ》はしばらくの間《あいだ》、にらみつけるようにイツキの顔《かお》を見《み》ていた。

次《つぎ》に彼女《かのじょ》が視線《しせん》を落《お》とし、うで時計《どけい》を見《み》つめだしたのでイツキは思《おも》わずドキッとする。

「……」

だが、何《なに》かを不審《ふしん》に思《おも》ったのは、女《おんな》の子《こ》の方《ほう》だけではなかった。

(……なんだろう？　この子《こ》。少《すこ》し——不思議《ふしぎ》な感《かん》じがする)

目《め》の前《まえ》にいるのは彼女一人《かのじょひとり》。

だけどまるで、他《ほか》にもだれか——いや。

何かが、いるような。

「……なんでもないわ。ごめんなさいね、急《きゅう》に話《はな》しかけたりして」

イツキの思《おも》いをよそに、そう言《い》って女《おんな》の子《こ》はふり返《かえ》り、向《む》こうへと歩《ある》いていこうとした。
「ちょっと待《ま》って！」
思《おも》わずイツキは、彼女《かのじょ》を呼《よ》び止《と》めてしまっていた。

「……なに？」

「あの……えっと……」

なんと説明《せつめい》してよいか、わからなかった。

でもやっぱり――なんか、変《へん》だ。

無言《むごん》の時間《じかん》がしばらく続《つづ》いた後《あと》だった。

向《む》こうから黒《くろ》ぬりの自動車《じどうしゃ》がやってきて、二人《ふたり》のそばで止《と》まった。

運転席《うんてんせき》から中年《ちゅうねん》の男性《だんせい》が一人《ひとり》、降《お》りてくる。

「ツグミおじょう様《さま》！　こんなところにおられましたか」

あわてた様子《ようす》で女《おんな》の子《こ》にそう話《はな》しかけた。

「大変《たいへん》です。お父様《とうさま》が事故《じこ》にあわれて……近《ちか》くの病院《びょういん》に運《はこ》ばれました」

「……へえ、そう」

ツグミと呼《よ》ばれた女《おんな》の子《こ》は冷静《れいせい》な顔《かお》で応《おう》じた後《あと》、こう聞《き》きかえした。

「で、あなたはだれ？」

「私《わたし》はお父様《とうさま》の部下《ぶか》です。仕事《しごと》で同行《どうこう》している途中《とちゅう》で――」

「あなたみたいな人《ひと》、パパの職場《しょくば》で見《み》たことないわ。それに……パパは今《いま》、海外出張中《かいがいしゅっちょうちゅう》よ。なんでアメリカにいるはずのパパが、この近《ちか》くの病院《びょういん》に運《はこ》ばれるのかしら？」

「⁉　……」

「私《わたし》をゆうかいするつもりなら、ちゃんと下調《したしら》べをしておくべきだったわね」

その言葉《ことば》を聞《き》いて、イツキはハッとなる。

そうだ――これはテレビとかでよく見《み》る、ゆうかいシーンそのものじゃないか！

「……連《つ》れといっしょみたいだから、あらっぽいことはやめとこうかと思《おも》っていたが……こうなりゃしょうがねえ！」

急《きゅう》に言葉《ことば》づかいがあらくなった男《おとこ》は、ツグミのかたをつかみ、無理《むり》やり車《くるま》の中《なか》におしこもうとした。

助《たす》けなきゃ――イツキがそう思《おも》った直後《ちょくご》だった。

「ぎゃあ‼」

男《おとこ》が悲鳴《ひめい》を上《あ》げながら、右手《みぎて》をおさえていた。

「こいつ……かみつきやがった！」

女《おんな》の子《こ》がこの男《おとこ》の手《て》を？

そんなふうには見《み》えなかったが。

――グルルルル……。

かみついたのは、ツグミではなかった。

彼女《かのじょ》の胸元《むなもと》から、子犬《こいぬ》らしき動物《どうぶつ》が頭《あたま》を出《だ》し、キバをむいていたのである。

(いつの間《ま》にあんなところに!?)

イツキがおどろき、男《おとこ》が顔《かお》をゆがめる中《なか》、ツグミはさけんだ。

「行《い》け！　トモゾウ!!」

それを合図《あいず》に子犬《こいぬ》は飛《と》び出《だ》し、男《おとこ》におそいかかる。

「クソ！　何《なに》が起《お》こってる!?」

不思議《ふしぎ》なことに、どうやら男《おとこ》には子犬《こいぬ》の姿《すがた》が見《み》えていないようだ。

「これは――シキガミか！」

男《おとこ》がさけぶ。

シキガミ？

「ほほう。これは……」

マリーが興味深《きょうみぶか》そうに、そうつぶやく。

「こんなところで仲間《なかま》と出会《であ》うとはな」

(仲間《なかま》？)

あの子犬《こいぬ》のことを言《い》っているのだろうか？

(そう言《い》われてみれば――よく見《み》るとあの犬《いぬ》、少《すこ》し生《い》き物《もの》っぽさがないというか……)

身体《からだ》の質感《しつかん》が、マリーと同《おな》じように……紙《かみ》っぽい感《かん》じがする。


子犬《こいぬ》のこうげきにひるんだ男《おとこ》は、やがて車《くるま》に乗《の》りこみ――。

そのまま逃《に》げ出《だ》してしまった。


「ふう……」

息《いき》をはいた後《あと》、ツグミはイツキの方《ほう》にふり向《む》いた。

「危《あぶ》なかったね……大丈夫《だいじょうぶ》？」

イツキが声《こえ》をかけると、彼女《かのじょ》は平然《へいぜん》とした感《かん》じでこう応《おう》じる。

「別《べつ》に……よくあることよ」

これがよくあることって……この子《こ》は一体《いったい》、何者《なにもの》なんだろうか？

子犬《こいぬ》は、いつの間《ま》にかいなくなっていた。

「さっきの犬《いぬ》は？」

イツキがたずねると、ツグミはおどろいた顔《かお》をする。

「あなた――トモゾウが見《み》えたの⁉」

「え？　まあ……うん」

「やっぱりあなた、私《わたし》と同《おな》じ……これね！」

ツグミはいきなり、イツキのうで時計《どけい》を乱暴《らんぼう》につかんだ。

「ひゃあ⁉」

マリーがびっくりしたような声《こえ》を上《あ》げ、イツキのうでからはなれる。

道路《どうろ》に落《お》ちたうで時計《どけい》は、本来《ほんらい》の姿《すがた》――紙《かみ》のハムスターにもどっていた。

「それが……あなたのシキガミなのね」

「さっきの人《ひと》も言《い》っていたけど、そのシキガミってなんなの？」

イツキがたずねると、ツグミは一枚《いちまい》の紙《かみ》きれを取《と》り出《だ》した。

真《ま》ん中《なか》に何《なに》か文字《もじ》が書《か》かれている。

――それはあの書庫《しょこ》にあったひもに書《か》いてあったものと似《に》ているようにも見《み》えた。

「『式神《しきがみ》』のこと、知《し》らずに使役《しえき》しているの？　紙《かみ》に神《かみ》を宿《やど》し、操《あやつ》る陰陽師《おんみょうじ》の術《じゅつ》――」

「『カミにカミ』を？　ダジャレで言《い》っているわけじゃあ……ないよね」

「……」

「そんなんじゃないよ。このハムスターは――」

「我《われ》は神《かみ》などではない！　紙《かみ》ではあるが。我《われ》は悪魔《あくま》だ!!」

話《はなし》の途中《とちゅう》で、マリーがわりこんできた。

「悪魔《あくま》？　……式神《しきがみ》は鬼神《きじん》だから、時《とき》にそう呼《よ》ばれることもあるけど……」

ツグミが首《くび》をひねる。

「まあ似《に》たようなものではあるな。……そうか、娘《むすめ》よ。式神《しきがみ》を操《あやつ》るということは貴様《きさま》、にっくき陰陽師《おんみょうじ》の者《もの》だな！」

「よくしゃべる式神《しきがみ》ね」

「式神《しきがみ》ではない、悪魔《あくま》だ！」

「……私《わたし》は正式《せいしき》な陰陽師《おんみょうじ》ではないわ。子孫《しそん》ではあるけど、もう私《わたし》の一族《いちぞく》は陰陽師《おんみょうじ》の仕事《しごと》はしていないの。一応《いちおう》、その術法《じゅつほう》や知識《ちしき》を受《う》けついでいるだけ」

「ふん。だからあのような弱《よわ》っちい犬《いぬ》ころぐらいしか操《あやつ》れんのか」

「トモゾウは犬《いぬ》じゃないわ。オオカミよ」

「なるほど、オオカミか。ちなみに我《われ》もネズミではなく、ハムスターだからな！」

「――ねえ、あなた」

ツグミがイツキの方《ほう》に向《む》き直《なお》る。

「式神《しきがみ》でないというのなら、この子《こ》とはどうやって知《し》り合《あ》いになったの？」

「ええと……」

秘密《ひみつ》の書庫《しょこ》でのことについて話《はな》してもいいものか、イツキはためらった。

「――まあいいわ。あなた、お名前《なまえ》は？」

「遠藤《えんどう》イツキ」

「私《わたし》は日々野《ひびの》ツグミ。今日《きょう》はもう用事《ようじ》があって行《い》かなくちゃいけないから、また今度《こんど》ゆっくりお話《はな》ししましょう。お住《す》まいは？」

「……あそこだよ」

イツキは遠《とお》くに見《み》えるマンションを指《ゆび》さした。

「あら、素敵《すてき》な建物《たてもの》じゃない」

ツグミの目《め》にはそう見《み》えるようだ。

「あのマンションの202号室《ごうしつ》に住《す》んでるんだ。……九月《くがつ》には引《ひ》っこすけど」

「あらそう。じゃあそれまでに一度《いちど》、お訪《たず》ねするわ。――じゃあね」

ツグミはイツキとマリーに軽《かる》く手《て》をふりながら、去《さ》っていった。


昨日《きのう》の夜《よる》から、ずっと不可思議《ふかしぎ》なことばかり起《お》きている。

悪魔《あくま》、式神《しきがみ》――そんなものには生《う》まれてからこれまで、出会《であ》ったことがなかった。

この町《まち》が特別《とくべつ》なのだろうか？

それとも本当《ほんとう》はこれがふつうで、これまでのイツキに知識《ちしき》がなさすぎただけなのだろうか？

いろいろと考《かんが》えながらも、しばらくイツキはマリーと共《とも》に町《まち》を散歩《さんぽ》しつづけた。

途中《とちゅう》、本屋《ほんや》を見《み》つけてその前《まえ》でいったん、立《た》ち止《ど》まる。

（本《ほん》……か。悪魔《あくま》のことについて、あのマンションの本《ほん》に何《なに》か書《か》いてないかな？）

昼《ひる》ごろになると、次第《しだい》に暑《あつ》さが厳《きび》しくなってきた。

マリーのぐちが増《ふ》えはじめ、イツキもお腹《なか》が空《す》いてきたのでマンションにもどることにした。

6話《わ》

母《かあ》さんの手料理《てりょうり》（昨日《きのう》の夕飯《ゆうはん》の残《のこ》り物《もの》だったが）を食《た》べ終《お》えた後《あと》、イツキは一階《いっかい》の図書室《としょしつ》へと向《む》かった。

マリーもいっしょだ。

念《ねん》のため、黒《くろ》い扉《とびら》も確認《かくにん》してみたが、やはりちゃんと鍵《かぎ》はかけられていた。

悪魔《あくま》について、この中《なか》にある紙《かみ》にならくわしく書《か》いてあるのかもしれないが、鍵《かぎ》はもう伯父《おじ》さんに返《かえ》してしまったし、たとえ入《はい》れたとしても、そもそもあそこにあった紙《かみ》の文字《もじ》は、イツキには読《よ》めなかった。

今《いま》いるこの図書室《としょしつ》にある本《ほん》にも、古《ふる》い物《もの》が多《おお》い。

そして秘密《ひみつ》の方《ほう》もそうじゃない方《ほう》も、図書室《としょしつ》にある本《ほん》はもともとはイツキのお祖父《じい》さんの物《もの》だったと伯父《おじ》さんは言《い》っていた。

（お祖父《じい》さんが……マリーをふうじこめた『陰陽師《おんみょうじ》』ってやつだったのかな？）

いや、それはないな。

お祖父《じい》さんがたとえ今《いま》も生《い》きていたとして、さすがに百歳《ひゃくさい》をこえるような年《とし》じゃなかったはずだ。

(とにかく、悪魔《あくま》に関《かん》する本《ほん》を探《さが》してみよう)

――それらしきタイトルの本《ほん》をいろいろとあさってみたが、その成果《せいか》はたいしたものにはならなかった。

あまりにも難《むずか》しい内容《ないよう》の本《ほん》や、英語《えいご》で書《か》かれた本《ほん》はイツキには読《よ》めない。

小学生《しょうがくせい》にもわかる範囲《はんい》で探《さが》したところで、たかが知《し》れていたのだ。

悪魔《あくま》については、イツキがもともと持《も》っている知識《ちしき》以上《いじょう》のことは得《え》られなかった。

だけど陰陽師《おんみょうじ》に関《かん》しては、少《すこ》しだけくわしく書《か》いてある本《ほん》を見《み》つけることができた。

……「陰陽師《おんみょうじ》」とは、もともとは大昔《おおむかし》の日本《にほん》における役職《やくしょく》の一《ひと》つだったようだ。

彼《かれ》らは中国《ちゅうごく》から伝《つた》わった「陰陽五行思想《いんようごぎょうしそう》」を元《もと》に、独自《どくじ》のうらないや政《まつりごと》を行《おこな》い、時《とき》の権力者《けんりょくしゃ》の信頼《しんらい》をえていたらしい。

その陰陽師《おんみょうじ》が使役《しえき》していたのが「式神《しきがみ》」だ。

式札《しきふだ》と呼《よ》ばれる和紙《わし》に鬼《おに》の神様《かみさま》を宿《やど》し、それを使《つか》うことで大《おお》きな力《ちから》を操《あやつ》っていた。

りする。

式神《しきがみ》は使役《しえき》されるとき、さまざまな動物《どうぶつ》や化《ば》け物《もの》へと変身《へんしん》し、敵《てき》をたおしたり奇跡《きせき》を起《お》こした
……まさにイツキが先《さき》ほど目撃《もくげき》した、ツグミの行動《こうどう》がそれだったわけだ。

「ねえ」

イツキはマリーにたずねる。

他《ほか》の人《ひと》が周《まわ》りにいないので、今《いま》のマリーはハムスターの姿《すがた》だ。

「マリーのその身体《からだ》も……その式札《しきふだ》ってやつなの？」

「似《に》たようなものではあるな。だが先《さき》ほども言《い》ったように、我《われ》は式神《しきがみ》ではなく、悪魔《あくま》だ。特別《とくべつ》な力《ちから》を持《も》った陰陽師《おんみょうじ》に命令《めいれい》されずとも自由《じゆう》に動《うご》けるし、姿《すがた》を変《か》えることもできるのだ」

「ただ、あの犬《いぬ》──小《ちい》さなオオカミは、ツグミさんをおそった男《おとこ》には見《み》えていなかったようだった」

「ふつうの人間《にんげん》には、式札《しきふだ》は見《み》えてもそこに宿《やど》る式神《しきがみ》の姿《すがた》まで見《み》ることはできん。ちなみに貴様《きさま》が今《いま》、見《み》ているこの我《われ》の姿《すがた》も本来《ほんらい》のものではない。貴様《きさま》はあくまで我《われ》が宿《やど》った紙《かみ》を見《み》ているにすぎないのだ」

「でも、ぼくには……あのオオカミの姿《すがた》が見《み》えた」

「それこそ、我《われ》とけいやくした証《あかし》なのだ。貴様《きさま》は悪魔《あくま》と関《かか》わったことで『見《み》えないモノを見《み》る力《ちから》』を手《て》に入《い》れた、というわけだな」

ツグミを初《はじ》めて見《み》た時《とき》に感《かん》じた変《へん》な感《かん》じは、きっとその力《ちから》のせいだったのだろう。

……マリーも、その気《き》なら彼女《かのじょ》の言《い》う「本来《ほんらい》の姿《すがた》」になれるのだろうか。

それはどんな姿《すがた》なのだろう？

やっぱり悪魔《あくま》らしく、おそろしい見《み》た目《め》なのか。それとも——。

「だれと話《はな》しているんだい？」

とつぜん、伯父《おじ》さんが図書室《としょしつ》に入《はい》ってきた。

考《かん》えごとをしていたせいで足音《あしおと》が近《ちか》づいてくるのに気《き》がつけなかったのだ。

とっさにマリーは、机《つくえ》の下《した》にかくれる。

「あ……いやその、独《ひと》り言《ごと》です」

そう言《い》ってごまかそうとしたが、伯父《おじ》さんの視線《しせん》はイツキが持《も》っている本《ほん》に向《む》いていた。

「『陰陽師《おんみょうじ》の歴史《れきし》と方術《ほうじゅつ》』……ずいぶんと難《むずか》しそうな本《ほん》を読《よ》んでいるね」

「ええと、この前《まえ》見《み》た映画《えいが》に、この陰陽師《おんみょうじ》っていうのが出《で》てきたので」

「そうかい。たしかに陰陽師《おんみょうじ》は、日本《にほん》の歴史物《れきしもの》やファンタジーにはよく登場《とうじょう》するからね」

そう応《おう》じる伯父《おじ》さんの顔《かお》は、こころなしかいつもより険《けわ》しいように思《おも》えた。

「でも——本当《ほんとう》の理由《りゆう》はちがうんじゃないかい？」

伯父《おじ》さんは鍵《かぎ》の束《たば》を取《と》り出《だ》し、次《つぎ》に奥《おく》の黒《くろ》い扉《とびら》を指《ゆび》さした。

「イツキくん。君《きみ》は……昨夜《ゆうべ》、あの中《なか》に入《はい》ったね？」

「え!?」

なんでばれたんだろう？

その理由《りゆう》を伯父《おじ》さんは言《い》わず、代《か》わりに机《つくえ》の下《した》に向《む》かってこう呼《よ》びかけた。

「マリー、出《で》てくるんだ。そこにいるのはわかっている」

「……フン。マサキか。相変《あいか》わらず目《め》ざといヤツだ」

マリーは机《つくえ》の下《した》から飛《と》び出《だ》し、そのままイツキの肩《かた》の上《うえ》に乗《の》った。

彼女《かのじょ》と伯父《おじ》さんは、どうやら知《し》り合《あ》いのようだ。

別《べつ》におかしな話《はなし》でもない。伯父《おじ》さんはあの書庫《しょこ》に入《はい》れる、唯一《ゆいいつ》の人間《にんげん》なのだから。

それでもイツキはこれまで、伯父《おじ》さんはマリーの存在《そんざい》に気《き》がついていないんじゃないかと、どこかで思《おも》っていた。

7話《わ》

伯父《おじ》さんはイツキをしかったりはしなかった。

むしろ黒《くろ》い扉《とびら》の鍵《かぎ》を開《あ》けて、秘密《ひみつ》の書庫《しょこ》の中《なか》へと導《みちび》いてくれたのだ。

「——君《きみ》が見《み》た通《とお》り、ここには数多《かずおお》くの『紙《かみ》』がおさめられている」

伯父《おじ》さんは紙束《かみたば》の一《ひと》つを取《と》り出《だ》す。

「これらは、まだ『本《ほん》』になっていない物語《ものがたり》なんだ」

「物語《ものがたり》？」

イツキはそこに書《か》かれている文字《もじ》が読《よ》めなかったことを、伯父《おじ》さんに話《はな》した。

「この中《なか》には昔《むかし》の文字《もじ》で書《か》かれているものもあるからね……でも、これならどうだい？」

伯父《おじ》さんは持《も》っていた紙束《かみたば》のひもをほどき、イツキに手《て》わたしてきた。

「ひも、取《と》っちゃってだいじょうぶなの？」

「ああ。君《きみ》はもう——けいやくをしてしまっているようだからな」

紙《かみ》を一枚《いちまい》、めくってみる。

それはやはり手書《てが》きの文章《ぶんしょう》だったが、前《まえ》に見《み》たものとはちがって今風《いまふう》の言葉《ことば》で書《か》かれていたので、ちゃんと読《よ》むことができた。

難《むずか》しい漢字《かんじ》などもない、子供《こども》が書《か》いたような文字《もじ》だ。

その内容《ないよう》は、いわゆる「ぼうけんもの」だった。主人公《しゅじんこう》の勇者《ゆうしゃ》が悪魔《あくま》を打《う》ちたおすため、さまざまな困難《こんなん》を乗《の》りこえていく——森《もり》からモンスターを追《お》いはらい、悪《わる》い国王《こくおう》をこらしめる……そんな感《かん》じの物語《ものがたり》だった。

主人公《しゅじんこう》がたおすべき悪魔《あくま》は、どうやら合計《ごうけい》で七体《ななたい》いるらしい。

そのうち一体《いったい》の姿《すがた》が、さし絵《え》でえがかれていた。

角《つの》の生《は》えた、ヤギのイラスト——マリーの絵《え》とはちがい、それはスミではなく鉛筆《えんぴつ》でえがかれているようだった。

そして——。

メエー。

絵《え》から聞《き》こえてきた鳴《な》き声《ごえ》。

直後《ちょくご》にその絵《え》がえがかれた紙《かみ》が宙《ちゅう》にうきあがり、変形《へんけい》していく。

やがて紙《かみ》は、マリーより少《すこ》し大《おお》きいくらいの、ヤギの姿《すがた》になった。

「――マサキか。久《ひさ》しいな。お前《まえ》がいながら我《われ》をこの少年《しょうねん》に呼《よ》び出《だ》させるとは、どんな気《き》まぐれ

だ？」

「こんにちは、ジル。いろいろと事情《じじょう》があってね」

「まあよい。さて……少年《しょうねん》よ」

ジルはイツキの方《ほう》を向《む》く。

なんとなくマリーよりも悪魔《あくま》らしい、いかめしさが感《かん》じられるような気《き》がした。

「よくぞ我《われ》を呼《よ》び出《だ》してくれた。今《いま》こそ我《われ》とけいやくし――夜《よる》の銀座《ぎんざ》へとくり出《だ》すのだ！」

「ぎ、銀座《ぎんざ》!?」

「そうだ！　そこで可愛《かわい》らしい女《おんな》の子《こ》たちと飲《の》んでさわいで歌《うた》って、その後《あと》は――」

イツキの肩《かた》に乗《の》っていたマリーが大声《おおごえ》で笑《わら》い出《だ》す。

「ハハハ！　あいにくだったな、ジルよ。こいつはもう、我《われ》が先《さき》にもらったのだ！」

(もらった、って……人《ひと》を持《も》ち物《もの》みたいな言《い》い方《かた》しないでほしいな)

イツキの思《おも》いを無視《むし》して、悪魔《あくま》たちの会話《かいわ》は続《つづ》く。

「なん……だと!?　ならばなぜ、わざわざ我《われ》を呼《よ》び出《だ》した？」

「さあ。そうやってくやしがる、お前《まえ》のみじめな姿《すがた》を見物《けんぶつ》するためかもな」

「クッ、あいかわらず生意気《なまいき》な小娘《こむすめ》だ。あらゆる女性《じょせい》に愛《あい》を注《そそ》ぐのが『しきよくの悪魔《あくま》』たる我《われ》の心構《こころがま》えだが、お前《まえ》だけは別《べつ》だ、マリー！」

「それはありがたい。我《われ》も貴様《きさま》のような老人《ろうじん》の相手《あいて》はごめんだからな」

にらみあう二体《にたい》をながめながら、伯父《おじ》さんがイツキに話《はな》しかける。

「どうだい？　悪魔《あくま》といっても、たいして怖《こわ》いものでもないだろう？」

「ええ……まあ」

「たとえ封印《ふういん》を解《と》かれても、彼《かれ》らは本来《ほんらい》の力《ちから》を発揮《はっき》できない。紙《かみ》にえがかれている悪魔《あくま》たちは想像上《そうぞうじょう》の存在《そんざい》にすぎないんだ。そんな彼《かれ》らが現実《げんじつ》にえいきょうをおよぼすような能力《のうりょく》を使《つか》うことはできないし、けいやくしたからといってすぐに何《なに》か害《がい》があるわけでもない」

そこで伯父《おじ》さんの顔《かお》が、またわずかに険《けわ》しくなる。

「すぐには——だけどね」

その言《い》い方《かた》に、イツキは急《きゅう》に不安《ふあん》な気持《きも》ちになった。

「じゃあ、いずれ何《なに》かが起《お》こるってことですか？」

「君《きみ》も本《ほん》をよく読《よ》むならわかると思《おも》うが……、古今東西《ここんとうざい》、悪魔《あくま》とけいやくした人間《にんげん》の行《ゆ》く末《すえ》というのは——」

「……大体《だいたい》が、不幸《ふこう》な結末《けつまつ》になりますね」

「悪魔《あくま》とはそういうものなんだ。少《すく》なくとも人《ひと》にとって悪魔《あくま》というのは、不幸《ふこう》を呼《よ》ぶ存在《そんざい》として語《かた》りつがれている。そしてそれは、人《ひと》の書《か》いた物語《ものがたり》の中《なか》から生《う》まれた『紙《かみ》の悪魔《あくま》』であっても例《れい》外《がい》じゃない」

「つまり……ぼくにもいずれ、何《なん》らかの不幸《ふこう》が訪《おとず》れるかもしれない、ってことですか？」

「それがどのようなものかは、おれにもわからない。命《いのち》にかかわるようなことかもしれないし、石《いし》につまずいて転《ころ》ぶ程度《ていど》ですむ可能性《かのうせい》もある。だが、悪魔《あくま》とのけいやくを解除《かいじょ》しない限《かぎ》り、不幸《ふこう》は必《かなら》ず訪《おとず》れるんだ。そして――」

「……」

イツキはゴクリとつばを飲《の》みこんだ。

「――『裁《さば》き』を受《う》けることになる」

「裁《さば》きって……だれにですか？」

「……『冥界《めいかい》の主《ぬし》』。悪魔《あくま》たちの王《おう》だとも言《い》われているが、どんな姿《すがた》をしているのかはだれも知《し》らない。おれも、君《きみ》のお祖父《じい》ちゃんも先祖代々《せんぞだいだい》、その話《はなし》を受《う》け継《つ》いできただけで、実際《じっさい》に冥界《めいかい》の主《ぬし》を見《み》たことはないんだ」

伯父《おじ》さんの顔《かお》はまじめそのものだ。

けっして冗談《じょうだん》を言《い》っているようには見《み》えなかった。

「マ、マリー！」

怖《こわ》くなったイツキは、まだジルとにらみあっていたマリーに話《はな》しかける。

「何《なに》か用《よう》か？」

「今《いま》すぐけいやくを解除《かいじょ》して！　ぼく、不幸《ふこう》になんかなりたくないよ！」

「――それはできぬ」

「なんで!?　もう望《のぞ》みの対価《たいか》ははらったはずだろう？」

「……」

マリーの代《か》わりにイツキの質問《しつもん》に答《こた》えたのは、ジルだった。

「少年《しょうねん》よ。残念《ざんねん》だがけいやくの解除《かいじょ》は、悪魔《あくま》一体《いったい》だけでは行《おこな》えないのだ」

「どうして!?　その理由《りゆう》は？」

「理由《りゆう》も何《なに》もない。それが――冥界《めいかい》の主《ぬし》の定《さだ》めた『ルール』なのだ」

「……じゃあ、どうすればいいのさ？」

「けいやく解除《かいじょ》の方法《ほうほう》……それは、紙《かみ》に宿《やど》りし七体《ななたい》の悪魔《あくま》がそれを認《みと》める必要《ひつよう》がある」

七体《ななたい》の悪魔《あくま》……。

ジルが出《で》てきた紙束《かみたば》に書《か》かれていた物語《ものがたり》にも、その存在《そんざい》についての内容《ないよう》があった。

「つまり……マリーとジル以外《いがい》にもあと五体《ごたい》、悪魔《あくま》が必要《ひつよう》ってこと？」

「そのうち三体《さんたい》は、我《われ》らと同様《どうよう》にこの書庫《しょこ》にいる。ブタの『ウラド』、サメの『ラハブ』、それにミミズクの『セイラム』だ」

「全員《ぜんいん》、動物《どうぶつ》の姿《すがた》なんだね。残《のこ》り二体《にたい》はどこに？」

「……わからぬ。というよりも――『まだ物語《ものがたり》に書《か》かれていない』と言《い》った方《ほう》が正《ただ》しいのかもしれんな」

「それじゃあ……解除《かいじょ》はできないってこと⁉」

「そういうことだ。いさぎよくあきらめ、冥界《めいかい》の主《ぬし》の裁《さば》きを待《ま》つことだな。クックック……」

おし殺《ころ》すような笑《わら》い声《ごえ》をあげるジル。

その横《よこ》っ腹《ばら》を、伯父《おじ》さんがこつんと軽《かる》くつま先《さき》でけった。

「――動物《どうぶつ》、いや悪魔《あくま》に暴力《ぼうりょく》をふるうとは感心《かんしん》できんな、マサキ」

「お前《まえ》こそはんぱなうそをつくなよ、ジル。解除《かいじょ》の方法《ほうほう》は他《ほか》にもあるだろう？」

そっぽを向《む》いてしまったジルの代《か》わりに、伯父《おじ》さんがその方法《ほうほう》について説明《せつめい》しはじめた。

「たしかにジルの言《い》う通《とお》り、解除《かいじょ》のための悪魔《あくま》は足《た》りていない。だけどそれを補《おぎな》うための手段《しゅだん》もまた、おれたちの一族《いちぞく》には伝《つた》えられているんだ」

伯父《おじ》さんはいったん秘密《ひみつ》の書庫《しょこ》を出《で》ると、しばらくして新《あたら》しい紙束《かみたば》を持《も》ってもどってきた。

それは真新《まあたら》しい、何《なん》のへんてつもない白紙《はくし》の束《たば》のようだった。

「けいやく者自身《しゃじしん》が、この書庫《しょこ》の紙《かみ》に新《あら》たなページを加《くわ》えること——君《きみ》が物語《ものがたり》の続《つづ》きを書《か》くんだ、イツキくん」

「え⁉」

「ページ数《すう》は自由《じゆう》だ。多《おお》くても少《すく》なくても、そのこと自体《じたい》は問題《もんだい》にならない。重要《じゅうよう》なのは……その内容《ないよう》を、悪魔《あくま》たちに認《みと》めてもらうことだ」

「でも、その悪魔《あくま》の数《かず》が足《た》りないって、さっき——」

「この条件《じょうけん》ならば、悪魔《あくま》は五体《ごたい》でいい。ただ内容《ないよう》に関《かん》しては別《べつ》に二《ふた》つ、決《き》まりごとがあるんだ」

「……」

「まず一《ひと》つ目《め》は、書《か》く物語《ものがたり》はけいやく者《しゃ》の体験《たいけん》にもとづいた内容《ないよう》でなければならない。そしてもう一《ひと》つは、その内容《ないよう》が以前《いぜん》の話《はなし》とつながっていることだ」

「以前《いぜん》の話《はなし》、っていうのは——」

「もちろん、この書庫《しょこ》にある紙《かみ》に書《か》かれた物語《ものがたり》だ。これらは全《すべ》て、作者《さくしゃ》はちがえどちゃんとひとつながりのストーリーとなっているんだよ」

だとしたら――イッキにとって困《こま》った問題《もんだい》が、一《ひと》つあった。

「まずはここにある紙《かみ》の物語《ものがたり》を全部《ぜんぶ》読《よ》めってこと？　でも、ぼくには読《よ》めない文字《もじ》も書《か》かれてるし……」

「それについては――伯父《おじ》さんに任《まか》せておきなさい」

伯父《おじ》さんは自分《じぶん》の胸《むね》をぽんと軽《かる》くたたいてみせた。

「いい物《もの》を用意《ようい》してあげるから」

「……あの、ですね」

「なんだい？」

この状況《じょうきょう》を解決《かいけつ》するための別《べつ》の方法《ほうほう》を今《いま》、イッキは思《おも》いついたので、それを提案《ていあん》してみることにした。

「ここにある紙《かみ》を、そこに宿《やど》る悪魔《あくま》たちもふくめて……全部《ぜんぶ》燃《も》やしたりしたら、けいやくも解除《かいじょ》できたりしませんかね？」

それを聞《き》いたマリーとジルが、同時《どうじ》にびっくりした表情《ひょうじょう》になった。

「な、なんとばち当《あ》たりな……」

「貴様《きさま》、我《われ》らを焼《や》き殺《ころ》そうというのか!? この……恩知《おんし》らずが!!」

そんなふうに言《い》われても、今《いま》のところは迷惑《めいわく》しかかけられていない気《き》がする。

伯父《おじ》さんも少《すこ》し困《こま》った顔《かお》をしていた。

「イツキくん……それはさすがに彼《かれ》らがかわいそうだよ」

「悪魔相手《あくまあいて》に同情《どうじょう》する必要《ひつよう》もないと思《おも》いますが」

「いやはや、今《いま》どきの子《こ》はドライだね。……それとも、やっぱりキョウコに似《に》たのか……」

ポリポリと頭《あたま》をかきながら、伯父《おじ》さんは次《つぎ》にこう言《い》った。

「……実《じつ》は、先《さき》ほど言《い》いそびれたんだが——けいやく者《しゃ》はそのけいやくを解除《かいじょ》するまで、ある『のろい』を受《う》けてしまうんだ」

「のろい!?」

ヤバそうな言葉《ことば》がとつぜん出《で》てきたぞ。

そういうのこそ、真《ま》っ先《さき》に忠告《ちゅうこく》してくれるべきじゃないんだろうか。

「マリーとけいやくしてから、これまでとはちがう……不思議《ふしぎ》なことがあったんじゃないか?」

伯父《おじ》さんの問《と》いに対《たい》し、イツキは首《くび》を横《よこ》にふろうとした。

……が、途中《とちゅう》で思《おも》い直《なお》した。

「――式神《しきがみ》」

「ん？」

「他《ほか》の人《ひと》には見《み》えないものが見《み》えるようになったみたいです。というか、マリーみたいな特別《とくべつ》な存在《そんざい》を感《かん》じ取《と》れるようになった感《かん》じで……」

「それを知《し》ることになった、具体的《ぐたいてき》な何《なに》かがあったということかな？」

イツキはツグミと出会《であ》ったことについて話《はな》した。

伯父《おじ》さんはフムフムとうなずきながら、それを聞《き》いていた。

「そうか。日々野《ひびの》さんのおじょうさんと会《あ》ったんだね」

「！　ツグミさんと知《し》り合《あ》いなんですか？」

「正確《せいかく》には、ツグミちゃんのお父《とう》さんと、だな。彼《かれ》とは同《おな》じ大学《だいがく》に通《かよ》っていた仲《なか》でね。なるほど、君《きみ》が陰陽師《おんみょうじ》のことを調《しら》べていたのは、それも理由《りゆう》だったわけか」

「まあ、そういうことです」

「……だがね、おれが言《い》った『のろい』というのは、そのことじゃないんだ」

「ちがうんですか!?」

じゃあ、何《なん》だというのだ。

伯父《おじ》さんは持《も》っていた束《たば》から紙《かみ》を一枚《いちまい》、引《ひ》きぬいてイツキにわたした。

「試《ため》しにだ。それを破《やぶ》いてもらってもいいかな？」

「いいんですか？」

「構《かま》わんよ」

イツキは言《い》われた通《とお》り、紙《かみ》をたてに引《ひ》きさいてみようとした。

……が、できなかった。

「――あれ？　なんだろ、すごく固《かた》いですね、これ」

「そんなことはないさ」

伯父《おじ》さんは紙《かみ》をイツキから取《と》り上《あ》げると、いとも簡単《かんたん》にそれを破《やぶ》り捨《す》ててみせる。

「別《べつ》におれが力持《ちからも》ちってわけじゃない。どこにでもあるふつうの紙《かみ》さ」

「じゃあ、どうして――」

「それが『のろい』なんだ。君《きみ》は悪魔《あくま》とけいやくしている間《あいだ》、あらゆる紙《かみ》を傷《きず》つけたり、燃《も》やしたりすることはできない」

イツキはおどろいたが、同時《どうじ》に少《すこ》し安心《あんしん》もした。

思《おも》ったよりも、たいした「のろい」じゃなかった！

——でも、なんでそんな「のろい」があるんだろう？

（……あ、そうか！）

その理由《りゆう》には、すぐに気《き》がついた。

悪魔《あくま》たちは紙製《かみせい》だ。

だから、けいやく者《しゃ》が自分《じぶん》たちを傷《きず》つけたりしないように——。

そんな「のろい」をかけた、というわけだ。

たいしたことはない、とは思《おも》ったが、やはり不便《ふべん》なことに変《か》わりはない。

新学期《しんがっき》になったら、図工《ずこう》の時《とき》とかに困《こま》りそうだ。

それと——書庫《しょこ》の紙《かみ》を燃《も》やすことはできそうにない。

伯父《おじ》さんの様子《ようす》を見《み》る限《かぎ》り、それを代《か》わりに引《ひ》き受《う》けてもくれないだろう。

ともかく、伯父《おじ》さんの言《い》う通《とお》り物語《ものがたり》の続《つづ》きを書《か》くこと以外《いがい》に解決方法《かいけつほうほう》はなさそうだ。

だが、イツキは本《ほん》を読《よ》むのは好《す》きでも、物語《ものがたり》を書《か》いたことなんてなかった。

自分《じぶん》にできるだろうか——少《すこ》し心配《しんぱい》になっていた、その時《とき》だ。

「フフフ……面白《おもしろ》そうな話《はなし》をしているじゃない」

マリーでも、ジルでも、伯父《おじ》さんでもない。

別《べつ》の新《あら》たな声《こえ》が、棚《たな》の紙束《かみたば》から聞《き》こえてきた。
(だれ!?)
イツキが声《こえ》を上《あ》げるよりも前《まえ》に、一枚《いちまい》の紙《かみ》が棚《たな》から飛《と》び出《だ》してくる。
それは先《さき》ほどのジルと同《おな》じように、変形《へんけい》をはじめ——。
サメの姿《すがた》になった。
「ズドラーストヴィチェ!」
な、なんだ?
何《なに》かのじゅもんだろうか?
混乱《こんらん》するイツキに、伯父《おじ》さんが説明《せつめい》してくれた。
「ロシア語《ご》で『こんにちは』って意味《いみ》だよ」
このサメが他《ほか》の悪魔《あくま》たちとちがうのは、変身後《へんしんご》も宙《ちゅう》にういたままでいることだ。
空飛《そらと》ぶサメ……。
気《き》になることは、もう一《ひと》つあった。
「また、悪魔《あくま》が出《で》てきた!?　ひもをほどいたりしてない

のに！」

「わたくしめをそこのネズミやヒツジといっしょにしないでいただきたいわね」

マリーとジルが同時《どうじ》に反応《はんのう》する。

「ネズミじゃない、ハムスターだ！」

「我《われ》もヒツジではない、ヤギだ！　あのような家畜《かちく》といっしょにするでない！」

それを無視《むし》して、サメは話《はなし》を続《つづ》ける。

「わたくしめはずっと、封印《ふういん》などされておりません」

「じゃあ、なんでここに――」

それに答《こた》えたのは伯父《おじ》さんだった。

「ラハブは変《か》わった悪魔《あくま》でね。自《みずか》らの意思《いし》でここに居続《いつづ》けている。人間《にんげん》とのけいやくも望《のぞ》んでいないみたいだ」

ラハブはまた「フフフ」と上品《じょうひん》な笑《わら》い声《ごえ》をあげる。

この悪魔《あくま》もメス――女性《じょせい》のようだが、マリーよりもずっと大人《おとな》っぽい感《かん》じだ。

「よく見《み》たら、昨晩《さくばん》もここに来《き》たぼうやではありませんか。二日連続《ふつかれんぞく》でやってくるとは……よほどこの場所《ばしょ》が気《き》に入《い》ったようですねえ」

伯父《おじ》さんが少《すこ》しあきれながらため息《いき》をつく。

「これで三体《さんたい》が出《で》てきたわけだな。もういっそのこと、他《ほか》の二体《にたい》も呼《よ》んでしまおうか」

しかし、ラハブは目《め》を閉《と》じて首《くび》を横《よこ》にふった。

……魚《さかな》が目《め》を閉《と》じるのも、首《くび》をふるのもイツキは初《はじ》めて見《み》た。

「ウラドはこのままねかせておきましょう。彼《かれ》を起《お》こすといろいろとめんどうです」

「たしかに。また、食《く》えない食《た》べ物《もの》を求《もと》めて暴《あば》れ出《だ》したらかなわんからな」

「それと……フフフ、セイラムも無理《むり》ですよ。だって彼《かれ》は――ここにいませんもの」

「……何《なん》だと!?」

伯父《おじ》さんの顔《かお》つきが変《か》わった。

あわてた様子《ようす》で棚《たな》に近《ちか》づき、紙束《かみたば》を一《ひと》つ取《と》り出《だ》し、ひもをほどく。

そして紙《かみ》をパラパラとめくり、あるところで手《て》を止《と》めた。

「……ない！　セイラムのページが！」

青《あお》ざめた顔《かお》で、イツキの方《ほう》にふり返《かえ》る。

「ぼ、ぼくは知《し》らないです！　本当《ほんとう》に！」

「そのぼうやはうそはついていませんよ。彼《かれ》が来《き》た時《とき》には、すでにセイラムは持《も》ち出《だ》されていたのですから」

イツキをかばってくれたラハブに、伯父《おじ》さんはつめ寄《よ》る。

「ラハブ。お前《まえ》は犯人《はんにん》を知《し》っているな？　だれだ？　だれがセイラムを持《も》ち出《だ》した⁉」

「フフフ……さあ、だれだったでしょうかねえ」

伯父《おじ》さんはなおもラハブにせまったが、彼女《かのじょ》が犯人《はんにん》の名前《なまえ》を言《い》うことはなかった。

それを見《み》ていたマリーがボソッとつぶやく。

「相変《あいか》わらず性格悪《せいかくわる》いなあ……ラハブおばさん」

おばさん、という言葉《ことば》に反応《はんのう》したのか、ラハブがマリーをキッとにらみつけた。

「あ……あの、すみません。ラハブお姉《ねえ》さん」

ジルは関《かか》わりたくないのか、無言《むごん》のままずっと目《め》をそらしていた。

ラハブから聞《き》き出《だ》すことをあきらめた伯父《おじ》さんは、ふうっと深《ふか》いため息《いき》をついた。

「やれやれ。問題《もんだい》が一《ひと》つ、増《ふ》えてしまったな」

「……あのう」

「ん？　なんだい、イツキくん」

「このマンション、防犯《ぼうはん》カメラとかはついてないんですか？」

「……一応《いちおう》は、あるね。玄関前《げんかんまえ》と、それに……庭《にわ》に二《ふた》つ。ただこの書庫《しょこ》はもちろん、マンション内《ない》にはつけてないんだ」

「そうですか……」

「どろぼうが映《うつ》っていたらセキュリティ会社《がいしゃ》から連絡《れんらく》が来《く》るはずだしなあ……まあとりあえず、担当《たんとう》の人《ひと》に問《と》い合《あ》わせてみるか」

イツキ以外《いがい》に、悪魔《あくま》を持《も》ち出《だ》した人《ひと》がいる——。

ならばその人《ひと》もまた、悪魔《あくま》とけいやくしたのだろうか？

8話《わ》

翌日《よくじつ》から、イツキは図書室《としょしつ》で新《あら》たな読書《どくしょ》にいそしむことになった。

今読《いまよ》んでいるのは、書庫《しょこ》にある本《ほん》ではない。

伯父《おじ》さんの持《も》っているパソコン内《ない》の原稿《げんこう》をプリントアウトしたものだ。

秘密《ひみつ》の書庫《しょこ》の紙束《かみたば》に書《か》かれている物語《ものがたり》を、伯父《おじ》さんは前《まえ》にパソコンに入力《にゅうりょく》したのだという。

文章《ぶんしょう》を全《すべ》て、今風《いまふう》の言葉《ことば》に直《なお》して、だ。

おかげでイツキも、こうして秘密《ひみつ》の書庫《しょこ》の物語《ものがたり》を知《し》ることができるというわけだ。


ただ、全体《ぜんたい》を通《とお》して見《み》ても、物語《ものがたり》の内容《ないよう》はジルの絵《え》があった紙束《かみたば》に書《か》かれていた内容《ないよう》と、たいして差《さ》はないようだった。

勇者《ゆうしゃ》が悪魔《あくま》をたおすため、ぼうけんをする話《はなし》——その道中《どうちゅう》がいろいろと書《か》かれている、というだけのことだ。

「これの続《つづ》きを書《か》け、って言《い》われてもなあ……」

それ自体《じたい》は、がんばればなんとかなるかもしれない。

だが問題《もんだい》は、もう一《ひと》つの条件《じょうけん》の方《ほう》だ。

『書《か》く物語《ものがたり》は、けいやく者《しゃ》の体験《たいけん》にもとづいた内容《ないよう》でなければならない』

当然《とうぜん》ながら、イツキは勇者《ゆうしゃ》なんかじゃない。

ごくふつうの小学生《しょうがくせい》だ。

そんなイツキが、海《うみ》や山《やま》をこえるぼうけんをした経験《けいけん》なんかあるはずもないし、モンスターと戦《たたか》ったことだってない。

(ゲームの中《なか》でならあるけど……それじゃあダメだろうしなあ)

物語《ものがたり》の最終目的《さいしゅうもくてき》は、悪魔《あくま》をたおすことだ。

「悪魔《あくま》は……まあ、いることはいるね。目《め》の前《まえ》に」

イツキは机《つくえ》の上《うえ》でひまそうにしているマリーをチラリと見《み》た。

(マリーをたおして、それを紙《かみ》に書《か》く?)

道徳的《どうとくてき》なことを無視《むし》したとしても、それもやっぱり無理《むり》だ。

今《いま》のイツキは紙《かみ》を傷《きず》つけることができない。

紙《かみ》の悪魔《あくま》であるマリーにも、手《て》を出《だ》せないのだ。

……仮《かり》に、物語《ものがたり》を無事《ぶじ》、書《か》き終《お》えたとしても、だ。

次《つぎ》にそれを、五体《ごたい》の紙《かみ》の悪魔《あくま》に認《みと》めてもらう必要《ひつよう》がある。

ところが、そのうちの一体《いったい》が今《いま》、行方不明《ゆくえふめい》になっているのだ。

セイラム……ジルはそいつが、ミミズクの姿《すがた》をしていると言《い》っていた。

「ミミズクって――フクロウの一種《いっしゅ》だよね、たしか」

フクロウなんて、こんな都会《とかい》で見《み》かけることはめったにないだろうな。

ペットショップとかにならいるだろうけど。

そもそも、悪魔《あくま》たちが物語《ものがたり》を認《みと》める基準《きじゅん》というのも、よくわからない。

それについて伯父《おじ》さんは「悪魔《あくま》たちがその内容《ないよう》を気《き》に入《い》れば、それでいい」と言《い》っていた。

だけど、彼《かれ》らがどんな話《はなし》を好《この》むかなんて、イツキにはわかりっこないのだ。

「よう。なんかなやんでそうだな」

ハルトが書庫《しょこ》に入《はい》ってきた。

また、ノートとスマートフォンを手《て》に持《も》って。

「おれで良《よ》かったら、相談《そうだん》に乗《の》るぜ」

そんなふうに言《い》いながら、気《き》さくそうな笑顔《えがお》を見《み》せてくる。

どうも彼《かれ》は、こうして人《ひと》にちょっかいを出《だ》すのが好《す》きな人間《にんげん》のようだ。

……そんなところも、イツキとは反対《はんたい》のタイプだった。

イツキは机《つくえ》の上《うえ》を見《み》たが、マリーはいつのまにかいなくなっていた。

ハルトが来《き》たので、また机《つくえ》の下《した》にでもかくれたのだろう。

秘密《ひみつ》の書庫《しょこ》の中《なか》にあるもの——つまり紙《かみ》の悪魔《あくま》のことについて、ハルトは知《し》らないはずだ。

彼《かれ》にそのことを話《はな》してもだいじょうぶなのだろうか？

（……伯父《おじ》さんに聞《き》いてからの方《ほう》が、いいよね）

イツキは適当《てきとう》に話《はなし》をぼかすことにした。

「——ちょっとさ、物語《ものがたり》でも書《か》こうかと思《おも》ってて」

「なんだ？　うちの父《とう》ちゃんから悪《わる》いえいきょうでも受《う》けたのか？　やめとけやめとけ。物書《ものか》きなんてろくなもんじゃないぞ」

「別《べつ》に小説家《しょうせつか》や脚本家《きゃくほんか》になろうってわけじゃないよ。ただ……ちょっとしたしゅみとして」

「今《いま》どき、本《ほん》なんてだれも読《よ》まないだろうに」

ハルトに悪気《わるぎ》はないのだろうが、何《なん》となく自分《じぶん》のことをばかにされたような気《き》がして、イツキは少《すこ》しムッとなる。

そんなイツキの気持《きも》ちにまったく気《き》がついていない様子《ようす》のハルトは、スマートフォンをいじりはじめた。

「前《まえ》にも思《おも》ったんだけどさ……ハルトくんって、スマホで何《なに》してるの？　やっぱりゲーム？」

「ゲームもやるけど――今《いま》はもっぱら、メッセージのやり取《と》りとか、あとはSNSだな」

「SNS……ネットで交流《こうりゅう》ができるサイトのことだね」

正式《せいしき》な名前《なまえ》は――たしか「ソーシャル・ネットワーキング・サービス」だ。

それを略《りゃく》してSNS。

「イツキはネットもやらないの？」

「うん……たまに父《とう》さんのパソコンを借《か》りて見《み》るくらい」

「ま、ネットも良《よ》し悪《あ》しだからな。変《へん》なことを書《か》くとえんじょうすることもあるし」

「そういうサイトを見《み》ているってことは……ハルトくんも文章《ぶんしょう》を読《よ》むのはきらいってわけじゃないよね？」

「当《あ》たり前《まえ》だ。おれを文字《もじ》も読《よ》めない原始人《げんしじん》だとでも思《おも》ってたのか？」

「それなら、本《ほん》を読《よ》むのとあんまり変《か》わらない気《き》もするけど……」

「ちがう。全然《ぜんぜん》ちがうよ。本《ほん》に書《か》かれた文章《ぶんしょう》はずっと同《おな》じままだ。時《とき》がたてばどんどん古《ふる》くなっていく。このマンションみたいにな。でもネットには『生《い》きた情報《じょうほう》』がある。サイトがこうしんされるたびに、どんどん新《あたら》しくなっていくんだ」

「そういうもの……なのかね」

「そういうものさ。イツキも本《ほん》ばっかり読《よ》んでると、すぐに時代《じだい》に取《と》り残《のこ》されちゃうぞ。お前《まえ》も親《おや》にお願《ねが》いして、スマホを買《か》ってもらえよ。そしたらおれのネット友達《ともだち》も紹介《しょうかい》してやるからさ」

「……今度相談《こんどそうだん》してみるよ」

でもまあ、やっぱり母《かあ》さんは買《か》ってくれないだろうな、とイツキは思《おも》った。

そんなやりとりをしていると、外《そと》から足音《あしおと》と伯父《おじ》さんの話《はな》し声《ごえ》が聞《き》こえてきた。

「……はい、そうですか……いえいえ、それはまだ……まだどろぼうかどうかもはっきりしていませんし……もちろん、その時《とき》はよろしくお願《ねが》いします……はい、それではまた。ありがとうございました、高萩《たかはぎ》さん」

携帯電話《けいたいでんわ》を持《も》った伯父《おじ》さんが書庫《しょこ》に入《はい》ってきた。

どうやらついさっきまで、だれかと電話《でんわ》で話《はなし》をしていたようだ。

「おおイツキくん。それに、ハルトもいたのか」

「何《なに》かあったの？　父《とう》ちゃん。高萩《たかはぎ》さんって、セキュリティ会社《がいしゃ》の人《ひと》だよね？　それにどろぼうって――」

「……なんでもない。ちょっとしたことだ。それより宿題《しゅくだい》はもうやったのか？」

「これからやるつもりだったんだよ」

ハルトはノートの表紙《ひょうし》を伯父《おじ》さんに見《み》せた。

「別《べつ》にここじゃなく、自分《じぶん》の部屋《へや》でやればいいじゃないか」

「そんなのおれの勝手《かって》だろ」

「悪《わる》いが、父《とう》さんはちょっとイツキくんに話《はなし》がある。宿題《しゅくだい》は部屋《へや》でやってくれないか？」

だが、ハルトは首《くび》を横《よこ》にふった。

「やだね。おれだけ仲間外《なかまはず》れにすんなよ」

「……あのな、ハルト――」

二人《ふたり》が険悪《けんあく》な感《かん》じになりそうだったので、イツキはとっさに口《くち》をはさんでいた。

「どろぼう、カメラに映《うつ》ってたんですか？」

伯父《おじ》さんは少《すこ》し困《こま》った表情《ひょうじょう》でハルトとイツキの顔《かお》を順《じゅん》に見《み》たが、仕方《しかた》ないとあきらめたのか、セキュリティ会社《がいしゃ》の人《ひと》に問《と》い合《あ》わせた結果《けっか》を教《おし》えてくれた。

「――いや、映《うつ》っていなかったそうだ。もちろん、カメラの死角《しかく》から侵入《しんにゅう》した可能性《かのうせい》は否定《ひてい》できないそうだが……なくなったのも紙《かみ》きれ一枚《いちまい》だけだし、それで警察《けいさつ》にひがい届《とどけ》を出《だ》しても取《と》り合《あ》ってはくれないだろうな」

「なに？　やっぱマンションにどろぼうが入《はい》ったの？」

ハルトが興味深《きょうみぶか》そうな顔《かお》で伯父《おじ》さんにたずねる。

「まだわからん。単《たん》にうっかりなくしてしまっただけかもしれん」

「紙《かみ》が一枚《いちまい》なくなっただけで、どうしてセキュリティ会社《がいしゃ》に問《と》い合《あ》わせまでするのさ」

「念《ねん》のためだ。マンションを管理《かんり》している者《もの》のつとめとしてな」

二人《ふたり》の会話《かいわ》を聞《き》きながら、イツキは犯人《はんにん》について考《かんが》えていた。

仮《かり》に、外《そと》から入《はい》ってきたどろぼうでなかったとしたら……。

セイラムをぬすんだのは、マンションに住《す》むだれかということになる。

……いや、もしかしたらぬすむつもりだったのではなく、イツキと同《おな》じようにうっかり悪魔《あくま》とけいやくをしてしまったのかもしれない。

そうだとしたら。

(その人《ひと》も、放《ほう》っていたらいずれ何《なに》か不幸《ふこう》が……)

イツキ自身《じしん》のけいやく解除《かいじょ》のためにも――。

どうにかして、セイラムを見《み》つけ出《だ》さねばならない。

？・？・？

▼レオン
〈久《ひさ》しぶりです。とつぜんの連絡《れんらく》、失礼《しつれい》します。
エルルカさんのSNS内《ない》でのつぶやき、いつも楽《たの》しく見《み》させてもらっています。
今回《こんかい》はちょっと個人的《こじんてき》な相談《そうだん》があって連絡《れんらく》しました。
お返事《へんじ》、お待《ま》ちしています〉

▼エルルカ
〈こんにちは、レオンさん。ご連絡《れんらく》ありがとうございます。
私《わたし》に相談《そうだん》、というのは……悪魔《あくま》やオカルトに関《かん》することでしょうか？
そちらの方《ほう》ならば、お役《やく》にたてると思《おも》います。
くわしい内容《ないよう》をお聞《き》かせくだされば幸《さいわ》いです〉

▼レオン

〈相談《そうだん》というのは、ぼくの友人《ゆうじん》についてです。

どうにも彼《かれ》が、悪魔《あくま》にとりつかれてしまったみたいなんです。

その悪魔《あくま》は紙《かみ》の動物《どうぶつ》で、ずっと友人《ゆうじん》の周《まわ》りをうろついています。

今《いま》のところ、特《とく》に害《がい》はないようですが……。

悪魔《あくま》にとりつかれると不幸《ふこう》になるというつぶやきを、以前《いぜん》にエルルカさんはしていました。

こういった場合《ばあい》、何《なに》か良《よ》い対処方法《たいしょほうほう》はあるのでしょうか？〉

▼エルルカ

〈なるほど、紙《かみ》の悪魔《あくま》ですか……。

ちゃんとしたぶんせきをしたいので、その悪魔《あくま》の写真《しゃしん》を入手可能《にゅうしゅかのう》であれば、それを送《おく》っていただけるとありがたいです〉

▼レオン

〈画像《がぞう》を送《おく》りました。ご確認《かくにん》ください〉

▼エルルカ

〈画像《がぞう》、ありがとうございます。

おそらくこれは『エヴィリオスの大罪悪魔《たいざいあくま》』の一種《いっしゅ》かと思《おも》われます。

悪魔《あくま》の中《なか》でもかなり古《ふる》くから存在《そんざい》する種類《しゅるい》です。

ただ、この写真《しゃしん》の悪魔《あくま》はオリジナルではなく、後《のち》の世《よ》に生《う》まれたコピー悪魔《あくま》の可能性《かのうせい》が高《たか》いです。それゆえ、すぐにご友人《ゆうじん》に害《がい》がおよぶことはないでしょう。

とはいえ、今後《こんご》もご友人《ゆうじん》には注意《ちゅうい》をはらっていてください。

おかしな行動《こうどう》をとるようになったり、異変《いへん》があるようでしたら――。

何《なん》らかの対応《たいおう》をする必要《ひつよう》が出《で》てくるかと思《おも》います〉

▼レオン

〈悪魔《あくま》が動物《どうぶつ》の姿《すがた》をしているのはなぜでしょう?〉

▼エルルカ

〈人間《にんげん》に近《ちか》づくために、悪魔《あくま》が別《べつ》の姿《すがた》に化《ば》けるのはよくあることです。動物《どうぶつ》の姿《すがた》になるのは最《もっと》も代表的《だいひょうてき》な例《れい》だと言《い》えます〉

▼レオン

〈悪魔《あくま》を追《お》いはらう方法《ほうほう》などは、ないのでしょうか？〉

▼エルルカ

〈当方《とうほう》では悪魔《あくま》ばらいの依頼《いらい》も受《う》けつけております。ただし、有料《ゆうりょう》です。料金表《りょうきんひょう》をお送《おく》りしますので、それを見《み》て考《かんが》えていただければ幸《さいわ》いです〉

▼レオン

〈料金表《りょうきんひょう》、確認《かくにん》しました。思《おも》った以上《いじょう》に高《たか》いんですね……。

割引《わりびき》とかは、やはり無理《むり》でしょうか?〉

▼エルルカ

〈申《もう》し訳《わけ》ありませんが、たとえ知《し》り合《あ》いが相手《あいて》でも、仕事《しごと》は仕事《しごと》です。ご理解《りかい》ください〉

▼レオン

〈地獄《じごく》の沙汰《さた》も金次第《かねしだい》、ということですか……。

承知《しょうち》しました。

もしお願《ねが》いすることになったら、また連絡《れんらく》します〉

▼エルルカ

〈わかりました。

相談《そうだん》だけなら無料《むりょう》ですので、いつでもお気軽《きがる》にどうぞ〉

9話《わ》

伯父《おじ》さんの作《つく》った原稿《げんこう》を読《よ》み終《お》えるのには、数日《すうじつ》かかった。

ツグミがイッキを訪《たず》ねてきたのは、彼《かれ》が読《よ》み終《お》えた原稿《げんこう》の内容《ないよう》について頭《あたま》の中《なか》で整理《せいり》している時《とき》だった。

「ここにいたのね」

図書室《としょしつ》に入《はい》ってきたツグミが、イッキに声《こえ》をかける。

彼女《かのじょ》は最初《さいしょ》、２０２号室《ごうしつ》に行《い》ったが、イッキが図書室《としょしつ》にいることを母《かあ》さんから教《おし》えてもらってこっちに来《き》たのだという。

「読書《どくしょ》の途中《とちゅう》だったかしら？」

「ううん。ちょうど読《よ》み終《お》わったところなんだ。本《ほん》は好《す》き？」

「まあ……ふつうに」

ツグミはあまり、ネットとかをやりそうなタイプには見《み》えない。

彼女《かのじょ》の少《すこ》し古風《こふう》な見《み》た目《め》とふんいきから、イッキがそう勝手《かって》に思《おも》っただけだが。

——ツグミに会《あ》ったら聞《き》きたいと思《おも》っていたことがあった。

「ツグミさんは、その……式神《しきがみ》とはいつもいっしょにいるの？」

「『よりしろ』となる紙《かみ》はいつも持《も》っているわ。でもトモゾウを呼《よ》び出《だ》すのは、必要《ひつよう》な時《とき》だけね」

「そうなんだ。それで……式神《しきがみ》を操《あやつ》ることで、ツグミさんに何《なに》か悪《わる》いえいきょうはあったりするの？」

「おかしなことを聞《き》くのね。そんなものがあるなら、だれも式神《しきがみ》をあつかおうなんて思《おも》わなくなるわ」

「そりゃまあ……そうだね」

「——ただ、もっと強《つよ》い式神《しきがみ》を使役《しえき》する時《とき》には、身体《からだ》に負担《ふたん》がかかるって聞《き》いたことはあるわ。もっとも、そんな強力《きょうりょく》な式神《しきがみ》を呼《よ》べる人《ひと》なんて、今《いま》はもう存在《そんざい》しないでしょうけど」

悪魔《あくま》とけいやくした者《もの》には不幸《ふこう》が訪《おとず》れる。

でも式神《しきがみ》はそうとは限《かぎ》らない、というわけか。

ツグミはマリーにもあいさつすると、彼女《かのじょ》に近《ちか》づいてその頭《あたま》をなでた。

「やっぱり紙《かみ》だから、さわり心地《ごこち》はあまり良《よ》くないわね。……さて」

ふり返《かえ》ったツグミは、イツキの顔《かお》をじろりと見《み》つめた。

「教《おし》えてもらおうかしら。あなたがどうやってこの子《こ》と出会《であ》ったかを」

断《ことわ》るのは許《ゆる》さない——とでも言《い》いたげな、迫力《はくりょく》のある表情《ひょうじょう》だった。

ツグミには全部話《ぜんぶはな》しても、問題《もんだい》ないかもしれない。

少《すく》なくとも彼女《かのじょ》はイツキよりもずっと長《なが》く、特別《とくべつ》な存在《そんざい》とすごしてきた経験《けいけん》がある。

たぶん悪魔《あくま》のことを知《し》っても、それを疑《うたが》ったり変《へん》にさわぎ立《た》てたりするようなことはないだろうという気《き》がした。

それに——今《いま》のイツキには、助《たす》けが必要《ひつよう》だ。


——イツキからの説明《せつめい》を、ツグミはウンウンとうなずきながら聞《き》いていた。

「なるほど……紙《かみ》の悪魔《あくま》、ね。そしてそのうちの一体《いったい》が、書庫《しょこ》からいなくなった、と」

「そいつを見《み》つけない限《かぎ》り、ぼくはけいやくを解除《かいじょ》できないんだ。どうにかして探《さが》し出《だ》す方法《ほうほう》、ないかな？」

「……式神《しきがみ》の中《なか》には、そういった異形《いぎょう》の存在《そんざい》を探知《たんち》できる能力《のうりょく》を持《も》ったものもいるわ」

「それじゃあ、その式神《しきがみ》を使《つか》えば——」

「でも、私《わたし》はその式神《しきがみ》の呼《よ》び方《かた》を知《し》らない」

「……」

「正直《しょうじき》に言《い》っちゃうと、私《わたし》はトモゾウ以外《いがい》の式神《しきがみ》を呼《よ》べないのよ。初《はじ》めて会《あ》った時《とき》にも言《い》ったけど、私《わたし》は正式《せいしき》な陰陽師《おんみょうじ》ではないし、そのための修行《しゅぎょう》も受《う》けてこなかった」

「その『正式《せいしき》な陰陽師《おんみょうじ》』って人《ひと》は、どこかに存在《そんざい》しているの？」

「パパの実家《じっか》がある地域《ちいき》に、わずかながらいるって聞《き》いたわ。——会《あ》いに行《い》くなら、新幹線《しんかんせん》で二《に》時間以上《じかんいじょう》かかるけど」

「……新幹線《しんかんせん》に乗《の》るお金《かね》なんて、持《も》ってないよ」

「そもそも彼《かれ》らが、私《わたし》たちに協力《きょうりょく》してくれるって保証《ほしょう》もないしね。陰陽師《おんみょうじ》のしきたりっていろいろとめんどくさいらしいのよ。それがいやで、パパは家《いえ》を出《で》たって言《い》っていたし」

陰陽師《おんみょうじ》の一族《いちぞく》……イツキにとってはまったく縁《えん》のない人《ひと》たちだ。

少《すく》なくとも、これまでは。

とても興味《きょうみ》をひかれる存在《そんざい》ではあったが、協力《きょうりょく》が望《のぞ》めない以上《いじょう》、今《いま》はその話《はなし》は後回《あとまわ》しだ。

「ともかく、それなら悪魔《あくま》を探《さが》す手立《てだ》ては今《いま》のところ、ないってわけだ」

「——マリーちゃんならどう？　自分《じぶん》の仲間《なかま》のにおいをかぎつけたりできないかしら？」

イツキとツグミは、同時《どうじ》にマリーを見《み》る。

「――ふん。我《われ》が人間《にんげん》のたのみなど聞《き》くとでも思《おも》ったか？」

「いや、けいやく者《しゃ》の願《ねが》いをかなえるのが悪魔《あくま》なんでしょ？」

「……そういえばそうだったな。いずれにせよ、残念《ざんねん》だが我《われ》にそのような力《ちから》はない」

「そうか……」

「そんなに落《お》ちこむこともなかろう。探知《たんち》とまではいかなくとも――貴様《きさま》やツグミならば、すぐ近《ちか》くにいる悪魔《あくま》の存在《そんざい》を感《かん》じ取《と》ることぐらいはできるのではないか？」

あ……そうか。

ツグミを初《はじ》めて見《み》た時《とき》、イツキは彼女《かのじょ》から不思議《ふしぎ》な気配《けはい》を感《かん》じていた。

その時《とき》、彼女《かのじょ》はまだトモゾウを呼《よ》び出《だ》していなかったのにもかかわらず、だ。

例《たと》えば、もしそんな気配《けはい》をこのマンションの住人《じゅうにん》から感《かん》じ取《と》ることがあったとしたら。

その人《ひと》が、セイラムをぬすんだ犯人《はんにん》である可能性《かのうせい》は、高《たか》い。

ただ、そのためには――。

「まず、住人全員《じゅうにんぜんいん》とどうにかして会《あ》わなくちゃならないな」

とりあえず、マリーとけいやく後《ご》、すでに会《あ》ったことがあるのはイツキの両親《りょうしん》、それに伯父《おじ》さんとハルトだ。

彼《かれ》らからは不思議《ふしぎ》な気配《けはい》を感《かん》じることはなかったから、犯人候補《はんにんこうほ》からは外《はず》れる。

（……マンションの見取《みと》り図《ず》とか、どこかにないかな？）

イツキがそう思《おも》ったその時《とき》、扉《とびら》を開《あ》けてハルトが図書室《としょしつ》に入《はい》ってきた。

「よーう。また読書《どくしょ》か――って、えええ!?」

ハルトはツグミの姿《すがた》を見《み》て、とてもびっくりしているようだった。

「な、なんでツグミさんがここに――」

「あら、お知《し》り合《あ》いだったかしら？」

「はい！　……あ、いいえ。おれ、時任《ときとう》ハルトって言《い》います。五年三組《ごねんさんくみ》の……」

「同《おな》じ学校《がっこう》の子《こ》ね。私《わたし》は――」

「日々野《ひびの》ツグミさんですよね？　六年一組《ろくねんいちくみ》の」

「へえ、よくご存《ぞん》じなのね」

「ええまあ、その……父親同士《ちちおやどうし》が昔《むかし》、友達《ともだち》だったって父《とう》ちゃんから聞《き》いて」

「時任《ときとう》……あ！　思《おも》い出《だ》したわ。あなた、マサキさんの息子《むすこ》なのね」

「はい、そうです……へへへ」

なんだか、ハルトの様子《ようす》がいつもとちがう気《き》がする。

……まあ、それはいい。

ハルトが来《き》たなら、たのみたいことがイッキにはあった。

「ハルトくん」

「ん？　なんだよ」

ツグミとの会話《かいわ》をじゃまされたと思《おも》ったのか、ハルトは少《すこ》しふきげんそうにイツキを見《み》る。

「マンションの見取《みと》り図《ず》とか、どこかにないかな？」

「……ああ、たぶんうちにならあると思《おも》うぞ。だけどそんな物《もの》、どうして必要《ひつよう》なんだ？」

「それは――」

「ぬすまれた紙《かみ》を探《さが》すためよ」

ツグミがイツキの前《まえ》にそう答《こた》えてしまう。

「ぬすまれた紙《かみ》？　どういうことだ？」

ハルトは不思議《ふしぎ》そうな顔《かお》をしていた。

イツキはツグミのうでを引《ひ》っ張《ぱ》り、彼女《かのじょ》に小《ちい》さな声《こえ》で耳打《みみう》ちした。

「あのさ……ハルトくんは、悪魔《あくま》のことを知《し》らないんだ」

「ああ……そりゃそうよね」

「だから、このことは適当《てきとう》にごまかして――」

「おーい!!　なに二人《ふたり》でこそこそ話《はな》してるんだよ！」

ハルトが先《さき》ほどより、さらにふきげんになっていた。

「さては――イッキ、お前《まえ》……何日《なんにち》か前《まえ》に父《とう》ちゃんが言《い》っていた、どろぼうをつかまえようとしているな？」

「あ、いや別《べつ》にそういうわけじゃ――」

「だったらおれも仲間《なかま》に加《くわ》えろ！　お前《まえ》とツグミさんを二人《ふたり》きりになんてさせん！」

……なんだか、さらにややこしいことになってきたぞ。

結局《けっきょく》、ハルトにも事情《じじょう》を話《はな》すことになった。

ただし、悪魔《あくま》と式神《しきがみ》に関《かん》することだけはふせて。

10話《わ》

ハルトが持《も》ってきてくれた見取《みと》り図《ず》を、図書室《としょしつ》に置《お》いてあったプリンターを使《つか》ってコピーした。

それを机《つくえ》の上《うえ》に広《ひろ》げ、まずイッキの家族《かぞく》が住《す》む部屋《へや》である202号室《ごうしつ》に赤色《あかいろ》のペンでバツ印《じるし》をつける。続《つづ》いて201号室《ごうしつ》にも同《おな》じように――しようとしたが、そこでイッキの手《て》が止《と》まった。

ハルトと伯父《おじ》さんは犯人《はんにん》じゃない。だけど……。

「ハルトくん……お母《かあ》さんは？」

そういえばここに引《ひ》っこしてきてから、ハルトの母親《ははおや》には一度《いちど》も会《あ》ったことがなかった。

ハルトはその質問《しつもん》に対《たい》して、無表情《むひょうじょう》のままこう答《こた》えた。

「いないよ。リコンしてんだ、うちの両親《りょうしん》」

「……ごめん」

「別《べつ》にいいよ。もう結構《けっこう》、前《まえ》のことだし」

まずいことを聞《き》いちゃったな、と後悔《こうかい》しながら、イッキは201号室《ごうしつ》にもバツをつけた。

「残《のこ》りは……」

部屋《へや》の数《かず》は、バツを付《つ》けた二部屋《ふたへや》をのぞけば、全部《ぜんぶ》で二十《にじゅう》ある。

そのうち、一階《いっかい》の部屋《へや》――右《みぎ》の図書室《としょしつ》、左《ひだり》の図書室《としょしつ》、管理人室《かんりにんしつ》、そして秘密《ひみつ》の書庫《しょこ》には住人《じゅうにん》がいないので、そこにもバツをつける。

これで残《のこ》りは十六《じゅうろく》。

たしか、このマンションは半分以上《はんぶんいじょう》が空《あ》き部屋《べや》だと、前《まえ》にハルトが言《い》っていたな。

そのハルトは、気《き》をきかせてマンション住人《じゅうにん》の名簿《めいぼ》も持《も》ってきてくれていた。

名簿《めいぼ》を見《み》ながら、ハルトは見取《みと》り図《ず》に十個《じゅっこ》、バツを加《くわ》える。

「残《のこ》り六部屋《ろくへや》。だいぶしぼられてきたな」

ハルトがうなずきながら、そう言《い》った。

住人《じゅうにん》がいる部屋《へや》は――301号室《ごうしつ》、303号室《ごうしつ》、304号室《ごうしつ》、402号室《ごうしつ》、403号室《ごうしつ》、406号室《ごうしつ》。

「二階《にかい》には、ぼくとハルトくんの家族以外《かぞくいがい》は住《す》んでいないんだね」

「206号室《ごうしつ》は父《とう》ちゃんが仕事《しごと》で使《つか》ってるな。ここで打《う》ち合《あ》わせをしたり、脚本《きゃくほん》を書《か》いたり。仕《し》事中《ごとちゅう》に騒音《そうおん》になやまされたくないって理由《りゆう》で、205号室《ごうしつ》はもともと、人《ひと》に貸《か》してないみたい」

それを横《よこ》で聞《き》いていたツグミが、こんな感想《かんそう》をもらした。

「へえ。ずいぶんとぜいたくな使《つか》い方《かた》ね」

「フッ。まあ、マンションオーナーの特権《とっけん》ってやつですよ」

ハルトは少《すこ》し得意《とくい》げに鼻《はな》を鳴《な》らした。

名簿《めいぼ》には住人《じゅうにん》の部屋番号《へやばんごう》と名前《なまえ》しか書《か》いていないので、年齢《ねんれい》や仕事《しごと》まではわからなかった。

六部屋《ろくへや》のうち、半分《はんぶん》は家族《かぞく》で借《か》りていて、もう半分《はんぶん》は一人暮《ひとりぐ》らしだ。

「うちは本来《ほんらい》、家族向《かぞくむ》けのマンションなんだけどな。あまりに人気《にんき》がないんで家賃《やちん》を下《さ》げたら、一人《ひとり》で借《か》りる人《ひと》も出《で》てきたらしいよ」

マンション経営《けいえい》というのも、なかなか大変《たいへん》そうだ。

「とりあえず、住人《じゅうにん》を一人《ひとり》ひとり、あたってみましょう」

ツグミがそう提案《ていあん》してきた。

「でも、どうやって？　一部屋《ひとへや》ずつ訪《たず》ねるの？」

イツキの問《と》いに対《たい》し、ツグミは首《くび》を横《よこ》にふる。

「知《し》り合《あ》いでもない子供《こども》たちがいきなり訪《たず》ねてきても、不審《ふしん》がられると思《おも》うわ。ろうかで待《ま》ち伏《ぶ》せして、相手《あいて》が部屋《へや》を出《で》てきたところで偶然《ぐうぜん》をよそおって話《はな》しかける、って感《かん》じでいいんじゃないかしら？　私《わたし》はともかく、イツキとハルトはこのマンションに住《す》んでいるんだから、ろうかで

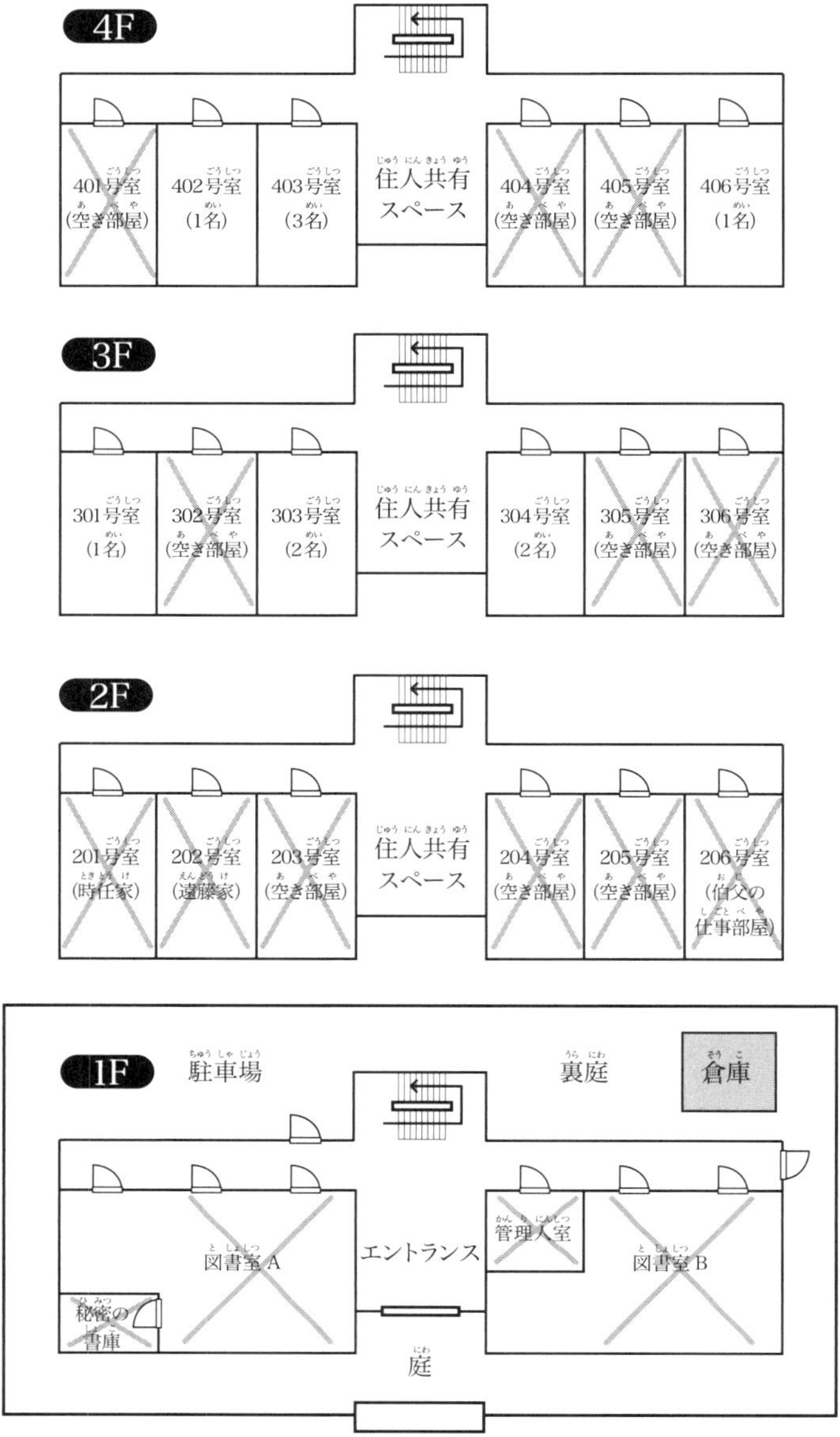
4F
401号室《ごうしつ》
(空《あ》き部屋《べや》)
402号室《ごうしつ》
(1名《めい》)
403号室《ごうしつ》
(3名《めい》)
住人共有《じゅうにんきょうゆう》
スペース
404号室《ごうしつ》
(空《あ》き部屋《べや》)
405号室《ごうしつ》
(空《あ》き部屋《べや》)
406号室《ごうしつ》
(1名《めい》)
3F
301号室《ごうしつ》
(1名《めい》)
302号室《ごうしつ》
(空《あ》き部屋《べや》)
303号室《ごうしつ》
(2名《めい》)
住人共有《じゅうにんきょうゆう》
スペース
304号室《ごうしつ》
(2名《めい》)
305号室《ごうしつ》
(空《あ》き部屋《べや》)
306号室《ごうしつ》
(空《あ》き部屋《べや》)
2F
201号室《ごうしつ》
(時任家《ときとうけ》)
202号室《ごうしつ》
(遠藤家《えんどうけ》)
203号室《ごうしつ》
(空《あ》き部屋《べや》)
住人共有《じゅうにんきょうゆう》
スペース
204号室《ごうしつ》
(空《あ》き部屋《べや》)
205号室《ごうしつ》
(空《あ》き部屋《べや》)
206号室《ごうしつ》
(伯父《おじ》の
仕事部屋《しごとべや》)
1F
駐車場《ちゅうしゃじょう》
裏庭《うらにわ》
倉庫《そうこ》
管理人室《かんりにんしつ》
図書室《としょしつ》A
エントランス
図書室《としょしつ》B
秘密《ひみつ》の
書庫
庭《にわ》

遊《あそ》んでいたとしても別《べつ》に不自然《ふしぜん》じゃないでしょ？」

「でも、ですね、ツグミさん」

今度《こんど》はハルトがツグミに質問《しつもん》する。

「どう話《はな》しかけるんですか？　いきなり『お前《まえ》がどろぼうか！』なんて、聞《き》けるはずもないし」

「まずはふつうの世間話《せけんばなし》でいいと思《おも》うの。それで、何《なに》かあやしいところがないか探《さぐ》るってわけ」

もちろんそれは、事情《じじょう》を知《し》らないハルトに対《たい》する、ツグミの建前《たてまえ》だ。

住人《じゅうにん》に悪魔《あくま》らしき気配《けはい》がないか調《しら》べる――それが本当《ほんとう》の目的《もくてき》。

「今日《きょう》はもうおそいから、調査《ちょうさ》は明日《あす》から開始《かいし》しましょう。私《わたし》も、もうそろそろ家《いえ》に帰《かえ》らなきゃいけない時間《じかん》だし」

いつの間《ま》にかリーダーのようにふるまうツグミだったが、イツキはそれに文句《もんく》を言《い》ったりするつもりもなかった。

彼女《かのじょ》は六年生《ろくねんせい》。イツキやハルトよりも上級生《じょうきゅうせい》なのだ。

ハルトのように敬語《けいご》で話《はな》した方《ほう》がいいかな？　とも思《おも》ったが、最初《さいしょ》に会《あ》った時《とき》に年上《としうえ》だと思《おも》わず、友達口調《ともだちくちょう》で話《はな》してしまっていたので、何《なん》となくそれを変《か》えるきっかけを失《うしな》ってしまっていた。

11話《わ》

その日《ひ》の夜《よる》。

イツキがねむろうとしていた時《とき》、枕元《まくらもと》にいるマリーが話《はな》しかけてきた。

「——楽《たの》しそうだな、イツキ」

「え？　そう？」

「そうさ。貴様《きさま》がハルトやツグミたちと話《はな》している時《とき》は、少《すく》なくとも一人《ひとり》で本《ほん》を読《よ》んでいる時《とき》よりは、ずっと楽《たの》しそうだった」

「……どうだろうね」

「彼《かれ》らは……貴様《きさま》の『友達《ともだち》』か？」

「……わかんないよ。まだ、どちらとも初《はじ》めて会《あ》ってからそう日《ひ》がたってないし」

「……そうか」

「……マリーには、友達《ともだち》とか——ああ、秘密《ひみつ》の書庫《しょこ》の悪魔《あくま》たちがいるか」

「奴《やつ》らは……友達《ともだち》とは少《すこ》し違《ちが》うな。言《い》うならば——『同志《どうし》』だな。かつて、同《おな》じ目的《もくてき》を持《も》って行《こう》動《どう》した者《もの》たち……」

「目的《もくてき》って？」

「それは……子供《こども》の貴様《きさま》には、少《すこ》し難《むずか》しい話《はなし》になる。それにもう、大昔《おおむかし》のことだ。貴様《きさま》が知《し》る必《ひつ》要《よう》はなかろう」

「――大人《おとな》って、よくそういうことを言《い》うよね。『子供《こども》にはまだ早《はや》い』とか」

「フッ、そうだな。……だがそれはまた、正《ただ》しくもある。全《すべ》てを知《し》るのが、良《よ》いことばかりとは限《かぎ》らない」

「……」

「ハルトが言《い》っていたように、本《ほん》に書《か》かれた情報《じょうほう》というのは、どんどん古《ふる》くなっていく。変《か》わることがないからな。しかし――世《よ》の中《なか》には変《か》わらないこと、変《か》わってはいけないことが、たしかに存在《そんざい》するのだ」

「……なんか、マリーって……やっぱり、あんまり悪魔《あくま》っぽくないよね」

「悪魔《あくま》も歳《とし》をとる。紙《かみ》が古《ふる》くなっていくようにな。ラハブのことを『おばさん』なんて呼《よ》ぶべきではないのかもしれん。我《われ》だって、もうすっかり年寄《としよ》りだ」

マリーは子供《こども》っぽく感《かん》じることもあるが、実際《じっさい》にはイツキよりもずっと、長《なが》い時間《じかん》を生《い》きてきたはずだ。

彼女《かのじょ》がどんな人生《じんせい》（悪魔《あくま》に対《たい》してその言《い》い方《かた》が正《ただ》しいかはわからないが）を送《おく》ってきたのか、少《すこ》し興味《きょうみ》があった。

でも……今日《きょう》はもう、ねむい。

いずれ、また機会《きかい》があればマリーに聞《き》いてみることにしよう。

「もうねるよ。おやすみ、マリー」

そう言《い》って、目《め》を閉《と》じようとした。

「待《ま》て、イツキ」

「……まだ、なにかあるの？」

「貴様《きさま》たちが探《さが》しているセイラムについて、少《すこ》し情報《じょうほう》をあたえておこうと思《おも》ってな」

たしかに、イツキはセイラムがミミズクであることくらいしか知《し》らない。

探《さが》している相手《あいて》の情報《じょうほう》は、多《おお》いにこしたことはなかった。

「わかった。教《おし》えてよ、マリー」

「セイラムは『ごうよくの悪魔《あくま》』だ。つまりとっても欲《ほ》しがりなヤツだということだな。そして、ヤツに引《ひ》きつけられるのもまた、欲《よく》の深《ふか》い人間《にんげん》であることが多《おお》い」

「欲《よく》の深《ふか》い、ねえ……」

「金《かね》が欲《ほ》しい、物《もの》が欲《ほ》しい、権力《けんりょく》が欲《ほ》しい――そういう人間《にんげん》が犯人《はんにん》である可能性《かのうせい》が高《たか》いということだ。そのことを覚《おぼ》えておけ」

「りょうかい。ありがとう……。そういえば、マリーは――『ごうまんの悪魔《あくま》』だって言《い》ってたよね」

「ああ」

「『ごうまん』って、なに？」

「……おごりたかぶる、人《ひと》を見下《みくだ》すという意味《いみ》だ」

「ああ……たしかにマリーってそんな感《かん》じだね」

「何《なに》を言《い》うか。我《われ》に引《ひ》きよせられたということは、貴様《きさま》もまた、そういう人間《にんげん》だということだぞ」

「ぼくが？　人《ひと》を見下《みくだ》している？」

そんなバカな、とイツキは思《おも》った。

「自分《じぶん》ではそう思《おも》っていないかもしれん。だがな、人間《にんげん》とは意外《いがい》と自分自身《じぶんじしん》のことをわかっていないものだ」

「そんなもの、かなあ……ふぁぁ……」

イツキは大《おお》きくあくびをする。

いよいよねむくなってきたので、もう反論《はんろん》する気力《きりょく》もなかった。

「そもそも、だ。貴様《きさま》はよわよわしいふりをしながら、心《こころ》の中《なか》では――」

まだマリーが何《なに》かを言《い》っていたが、それを最後《さいご》まで聞《き》きとることはできなかった。

12話《わ》

翌日《よくじつ》の朝《あさ》から、いよいよ調査《ちょうさ》がはじまった。

三階《さんかい》のろうかに、三人《さんにん》で集《あつ》まる。

――マリーもイツキのうで時計《どけい》として、いっしょにいる。

「３０１号室《ごうしつ》を借《か》りている男《おとこ》の人《ひと》は大学生《だいがくせい》だって。もともとは三人《さんにん》でルームシェアしてたんだけど、そのうち二人《ふたり》は就職《しゅうしょく》したんで引《ひ》っこして、今《いま》は一人暮《ひとりぐ》らしらしい」

ハルトが、伯父《おじ》さんから聞《き》き出《だ》してくれた住人《じゅうにん》の情報《じょうほう》を話《はな》す。

「ルームシェアって、何人《なんにん》かが共同《きょうどう》で部屋《へや》を借《か》りて住《す》むことよね？　でも三人《さんにん》だったのが一人《ひとり》になったなら、家賃《やちん》も三倍《さんばい》はらう羽目《はめ》になるんじゃないかしら？　なんで引《ひ》っこさないんだろう？」

ツグミが首《くび》をひねる。

「そうですね。そのあたりも聞《き》けたら聞《き》いてみましょうか。――次《つぎ》に３０３号室《ごうしつ》。ここにはおじいさんとおばあさんが夫婦《ふうふ》で暮《く》らしている。住人《じゅうにん》の中《なか》では一番長《いちばんなが》く部屋《へや》を借《か》りている人《ひと》たちだ。おれも何度《なんど》か会《あ》ったことがある」

「なら、このマンションについても知《し》りつくしているってことだね」

「ああ。建物内《たてものない》に防犯《ぼうはん》カメラがないこともな。——そして304号室《ごうしつ》にいるのは、二十代《にじゅうだい》のカップルだ。この二人《ふたり》は今年《ことし》になってこしてきたばかりだ。けっこんはしてないらしい。だから、名《めい》簿《ぼ》の名字《みょうじ》が別々《べつべつ》だったんだな」

「仕事《しごと》は？」

イツキがたずねる。

「両方《りょうほう》とも中学《ちゅうがく》の教師《きょうし》だって。働《はたら》いている学校《がっこう》は別《べつ》みたいだけど。男《おとこ》の方《ほう》は数学《すうがく》、女《おんな》の方《ほう》は国語《こくご》を教《おし》えているらしい」

「そんなことまでわかるんだ？」

「女《おんな》の人《ひと》の方《ほう》がドラマ好《ず》きで、父《とう》ちゃんのことも知《し》っていたみたいなんだ。ファンだって言《い》っていたらしい。それもあってマンションのけいやくの時《とき》、いろいろと話《はな》しこんだんだってさ」

それを聞《き》いたツグミが、少《すこ》し目《め》を細《ほそ》める。

「国語教師《こくごきょうし》なら、古《ふる》い書物《しょもつ》なんかにも興味《きょうみ》があるでしょうね。それにマサキさんのファンでもある……あやしいわね」

……さて、三部屋《さんへや》の中《なか》から、どこか一《ひと》つだけでもすぐに人《ひと》が出《で》てきてくれればいいが。

そう思《おも》っていたら、さっそく３０３号室《ごうしつ》の扉《とびら》が開《ひら》いて、中《なか》から老夫婦《ろうふうふ》が出《で》てきた。

「おはようございます！」

ハルトが元気《げんき》よく、夫婦《ふうふ》にあいさつする。

「おやおや、ハルトくん。おはようございます。今日《きょう》はお友達《ともだち》といっしょなのね」

そう言《い》って顔《かお》をほころばせたのは、おばあさんの方《ほう》だった。

「はい。おばあちゃんたちはこれからお出《で》かけですか？」

「ただのお散歩《さんぽ》ですよ。年寄《としよ》りは無理《むり》やりにでも歩《ある》かないと、足《あし》が弱《よわ》ってしまうから」

イツキも夫婦《ふうふ》に近《ちか》づき、頭《あたま》を下《さ》げる。

「おはようございます。ぼく、この前《まえ》２０１号室《ごうしつ》にこしてきた、遠藤《えんどう》イツキです」

それに応《おう》じたのも、やはりおばあさんだった。

「ああ、聞《き》いていますよ。時任《ときとう》さんの親《しん》せきの方《かた》たちですってね」

「はい。来月《らいげつ》にはまた他《ほか》に引《ひ》っこしてしまいますが――」

「いろいろと事情《じじょう》がおありみたいね。まあ、少《すこ》しの間《あいだ》だけでも、どうぞよろしくね」

「こちらこそ。――ここは、フゼイがあっていいマンションですよね」

イツキは心《こころ》にもないことを言《い》った。

「ふふふ、そうね。私《わたし》たちも気《き》に入《い》っているのよ」

「一階《いっかい》の図書室《としょしつ》には本《ほん》もいっぱいあるし」

「ああ……本《ほん》はねえ。時任《ときとう》さんは自由《じゆう》に読《よ》んでくださいって言《い》ってくださってるんだけど、おばあちゃんたちはほら、老眼《ろうがん》だから」

「じゃあ、図書室《としょしつ》には――」

「ほとんど行《い》かないねえ。いつもカーテンが閉《し》まっているから、ひなたぼっこにも向《む》かないし」

「そうですか……」

ずっとふくれっつらをしながら会話《かいわ》を聞《き》いていたおじいさんが、おばあさんの手《て》をポンと軽《かる》くたたいた。

「ほら、もう行《い》くぞ」

「はいはい――それじゃあね、みんな」

「はい。行《い》ってらっしゃい」

老夫婦《ろうふうふ》はゆっくりと、階段《かいだん》を下《お》りていった。

イツキが「ふう」と、小《ちい》さなため息《いき》をつく。

「おばあさんはいい人《ひと》そうだったけど……おじいさんの方《ほう》は、なんか怒《おこ》っている感《かん》じだったね」

「あの人《ひと》はいつもあんなだよ。別《べつ》にきげんが悪《わる》いとかじゃなくて、もともとあんな顔《かお》つきなんだって」

ツグミも、二人《ふたり》に近《ちか》づいてきた。

「でも、図書室《としょしつ》には行《い》かないって言《い》ってたし、本《ほん》もあまり読《よ》まなそうな感《かん》じだったわね。それなら、わざわざ図書室《としょしつ》の物《もの》をぬすんだりしないかも」

それに——二人《ふたり》からは悪魔《あくま》の気配《けはい》を感《かん》じなかった。

イツキはツグミの顔《かお》をチラリとみる。

彼女《かのじょ》も首《くび》を小《ちい》さく、横《よこ》にふって見《み》せた。

次《つぎ》に部屋《へや》の扉《とびら》が開《ひら》いたのは、それから三十分《さんじゅっぷん》ほどたってからだった。

304号室《ごうしつ》から女《おんな》の人《ひと》が、一人《ひとり》で出《で》てきた。

派手《はで》なバッグを手《て》に持《も》っていて、化粧《けしょう》も少《すこ》し濃《こ》い感《かん》じだ。

(仕事《しごと》じゃあ……ないよね。今《いま》は中学校《ちゅうがっこう》も夏休《なつやす》みだろうし)

最初《さいしょ》に動《うご》いたのは、またもやハルトだった。

「おはようございます！」

「……おはよう」

小声《こごえ》でそう応《おう》じると、女《おんな》の人《ひと》はそのままハルトの横《よこ》を通《とお》り過《す》ぎた。

なんだか先《さき》ほどのおじいさん以上《いじょう》に、話《はな》しかけにくそうなタイプだ。

……本当《ほんとう》に、教師《きょうし》なのだろうか？

「わあーっ、かわいいー」

ツグミが急《きゅう》にいつもより一段高《いちだんたか》い声色《こわいろ》をあげて、女《おんな》の人《ひと》に近《ちか》づいていった。

「このバッグ、いいなー。お姉《ねえ》さん、これ、どこで買《か》ったの？」

目《め》をキラキラさせながら、女《おんな》の人《ひと》にたずねる。

……イツキの勝手《かって》な推測《すいそく》だが、たぶんツグミはあんなバッグには一《いち》ミリも興味《きょうみ》がないと思《おも》う。

「これ？　おじょうちゃんにはまだ早《はや》いんじゃないかしら？」

「でも、欲《ほ》しいー。どこのお店《みせ》で買《か》ったのかだけ、教《おし》えて？」

「さあ。彼氏《かれし》に買《か》ってもらった物《もの》だし」

「へえー。ここには彼氏《かれし》さんと住《す》んでるの？」

わざと知《し》らないふりをして、ツグミがそうたずねた。

「ええ。今《いま》は合宿《がっしゅく》でいないけど」

「合宿《がっしゅく》？」

「……彼《かれ》、中学《ちゅうがく》で卓球部《たっきゅうぶ》の顧問《こもん》をしてるの。その合宿《がっしゅく》の付《つ》きそいよ」

「そうなんだー」

「あさってには帰《かえ》ってくるから、その時《とき》にでも店《みせ》を聞《き》けば？　じゃあね」

女《おんな》の人《ひと》は階段《かいだん》に向《む》かいながら、携帯電話《けいたいでんわ》を取《と》り出《だ》した。

「もしもし。あ、カズヤー？　うん、今《いま》から行《い》くねー」

電話《でんわ》しながら、階段《かいだん》を下《お》りていく。

（名簿《めいぼ》にのっていた名前《なまえ》……３０４号室《ごうしつ》の男《おとこ》の人《ひと》の方《ほう》は、『カズヤ』じゃなかったよね……）

まあ、それはともかく……。

彼女《かのじょ》にも、やはり不思議《ふしぎ》な気配《けはい》はなかった。

301号室《ごうしつ》の扉《とびら》は、なかなか開《ひら》く気配《けはい》がなかった。

「中《なか》にいないのかなー」

スマホをいじりながら、ハルトがそうぼやいた。

「ぼくらが来《く》る前《まえ》に、もう出《で》かけたってこと？」

それに応《おう》じたのは、ハルトではなくツグミだった。

「あるいは、昨日《きのう》の夜《よる》から帰《かえ》ってきていないのかもね。大学生《だいがくせい》なら夜遊《よあそ》びくらいするだろうし」

そう言《い》いながらも、彼女《かのじょ》の目《め》はイッキの方《ほう》を向《む》いていない。

ツグミは携帯《けいたい》ゲームに夢中《むちゅう》になっていた。

「ツグミさんも、ゲームとかするんだね」

「たまによ。こうやって外《そと》で時間《じかん》をつぶしたい時《とき》だけ」

携帯《けいたい》ゲームならイッキも持《も》っている。

だが、部屋《へや》に置《お》いてきていた。

今《いま》からでも持《も》ってこようかな……と、イッキが考《かんが》えはじめた時《とき》だ。

上《うえ》から、階段《かいだん》を下《お》りる音《おと》が聞《き》こえてきた。

（だれか来《き》た！）

それは少《すこ》し太《ふと》めな体型《たいけい》のおばさんだった。

両手《りょうて》にはゴミぶくろを持《も》っている。

そのまま三階《さんかい》を通《とお》り過《す》ぎ、さらに下《した》へ向《む》かおうとしていたところを、ハルトが呼《よ》び止《と》めた。

「今日《きょう》は燃《も》えるゴミの日《ひ》じゃありませんよー」

おばさんはその声《こえ》を無視《むし》しようとしかけたが、ハルトの顔《かお》を見《み》たとたん、ろこつに「チッ」と舌打《したう》ちした。

「……オーナーの息子《むすこ》か」

「ダメですよ、細山《ほそやま》さん。ここの住人《じゅうにん》でゴミの日《ひ》を守《まも》らないの、細山《ほそやま》さんだけだって父《とう》ちゃん、言《い》ってましたよ」

「はいはい、わかりましたよ！」

おばさんは観念《かんねん》したのか、そのまま上《うえ》へと引《ひ》き返《かえ》していった。

「……今《いま》のは？」

イツキはハルトにたずねる。

「402号室《ごうしつ》の人《ひと》。ああ見《み》えてうらない師《し》なんだってさ」

「うらない師《し》……」

「駅前《えきまえ》でお店《みせ》を開《ひら》いてるよ。うらない好《ず》きには結構《けっこう》、有名《ゆうめい》な人《ひと》らしいぜ。でも料金《りょうきん》も高《たか》くて、ぼったくりだって一部《いちぶ》のネットではたたかれてるな」

うらないというものに、イツキは少《すこ》しだけ興味《きょうみ》があった。

朝《あさ》のテレビで流《なが》れているうらないコーナーの結果《けっか》も、つい気《き》にしてしまう。

ちなみに今日《きょう》のイツキの運勢《うんせい》は「そこそこハッピー」だった。

「――あと、家賃《やちん》のしはらいもおくれがちだって、父《とう》ちゃんがぼやいてたな。それにゴミ出《だ》しのことも……」

「いろいろな人《ひと》がいるのね、このマンション」

ツグミが携帯《けいたい》ゲームをカバンにしまいながら、話《はなし》に加《くわ》わる。

「でも……うらない師《し》、ねえ……。少《すこ》しあやしい気《き》がするわね」

たしかにうらない師《し》ならば、悪魔《あくま》に興味《きょうみ》を持《も》っていても不思議《ふしぎ》ではない。

ただ、接《せっ》する時間《じかん》が短《みじか》かったので、イツキにはおばさんに悪魔《あくま》の気配《けはい》があるかについての確認《かくにん》ができなかった。

それはおそらく、ツグミも同《おな》じだろう。

――カチャ。

「……ふぁぁ……」

イツキたちの背後《はいご》から、扉《とびら》の開《ひら》く音《おと》と大《おお》きなあくびが聞《き》こえてきた。

三人《さんにん》がいっせいにふり向《む》くと、よれよれのシャツを着《き》た男《おとこ》の人《ひと》が、301号室《ごうしつ》から出《で》てくるところだった。

「おはようございます」

男《おとこ》の人《ひと》と目《め》が合《あ》ってしまったイツキが、とっさにそうあいさつする。

「おはよう……あれ、君《きみ》たち、学校《がっこう》は――ああそうか。今《いま》は夏休《なつやす》みだもんな」

優《やさ》しそうな顔立《かおだ》ちだ。

さっきのおばさんや女教師《おんなきょうし》と比《くら》べたら、ずっと話《はな》しやすそうだった。

「お出《で》かけですか？」

「ん……まあ、ね。ちょっと朝飯《あさめし》を食《く》いに、近《ちか》くの牛丼《ぎゅうどん》屋《や》まで」

「牛丼屋《ぎゅうどんや》か、いいなあ」

「おれにしてみりゃ、君《きみ》らの方《ほう》がよっぽどうらやましい

よ。母親《ははおや》にごはんを作《つく》ってもらえて、気楽《きらく》な小学生《しょうがくせい》で……はぁぁ、おれももどりてーな、子供《こども》に」

青年《せいねん》は大《おお》きなため息《いき》をついた。

「金《かね》もないし、大学《だいがく》も留年《りゅうねん》……人生《じんせい》ってつらいよなぁ……」

なんだか、いろいろと苦労《くろう》してそうな人《ひと》だな、とイツキは思《おも》った。

「でも、このマンションの部屋《へや》、一人《ひとり》で住《す》むには広《ひろ》すぎるし、家賃《やちん》も割高《わりだか》にならないですか？」

「そうそう。ルームメイトが出《で》ていっちゃってね——って、何《なん》で君《きみ》がそんなこと、知《し》ってるの？」

「えっと……」

イツキはハルトを、横目《よこめ》でチラリと見《み》た。

それで青年《せいねん》も納得《なっとく》がいったようだ。

「ああなるほど。オーナーの息子《むすこ》さんの友達《ともだち》なわけね。本当《ほんとう》はおれも安《やす》いワンルームに引《ひ》っこしたいんだけど、その引《ひ》っこし資金《しきん》すらなくてね……」

そう言《い》うと、青年《せいねん》は再《ふたた》びためいきをつく。

「バイト、探《さが》さないとなあ……子供《こども》たち、君《きみ》らはおれみたいにはなるなよ。……じゃあな」

青年《せいねん》はとぼとぼと歩《ある》きながら、階段《かいだん》を下《お》りていった。

「ううむ……」

ハルトがうなりながら、自分《じぶん》のアゴに手《て》をあてる。

「金《かね》に困《こま》っている学生《がくせい》……どろぼうをする動機《どうき》はありそうだな。秘密《ひみつ》の書庫《しょこ》にある紙《かみ》を、値打《ねう》ちのある物《もの》だと考《かんが》えたならば、あるいは……」

「……」

マリーも言《い》っていたっけ。

セイラムが引《ひ》きよせるのは、欲《よく》の深《ふか》い人間《にんげん》だ、って。

(まあ……あの人《ひと》からもやっぱり、変《へん》な気配《けはい》は感《かん》じなかったけど)

それとはまた別《べつ》の、負《ふ》のオーラには満《み》ちあふれている感《かん》じだったが。

304号室《ごうしつ》の女《おんな》の人《ひと》の言葉《ことば》を信《しん》じるならば、同居人《どうきょにん》の男《おとこ》の人《ひと》は合宿《がっしゅく》の付《つ》きそいであさってまで帰《かえ》ってこないようなので……。

残《のこ》るは403号室《ごうしつ》と、406号室《ごうしつ》だ。

「さて、ここで残念《ざんねん》なお知《し》らせがあります」

ハルトが急《きゅう》にかしこまって、そんなふうに切《き》り出《だ》してきた。

「403号室《ごうしつ》には夫婦《ふうふ》と赤《あか》ちゃんが住《す》んでいますが、先週《せんしゅう》から実家《じっか》に帰《かえ》っているとのことです」

「じゃあ、そっちも後回《あとまわ》しだね。となると……」

「残《のこ》り一部屋《ひとへや》。406号室《ごうしつ》ね」

三人《さんにん》は階段《かいだん》を上《あ》がって、四階《よんかい》へ向《む》かうことにした。

その途中《とちゅう》、上《うえ》から下《お》りてきたうらない師《し》のおばさんとばったり会《あ》う。

今度《こんど》はもうゴミぶくろを持《も》ってはいなかったし、服装《ふくそう》も先《さき》ほどよりもきちんとしたものに着《き》がえている。

どうやらこれから、仕事《しごと》に向《む》かうようだ。

「あの——」

話《はな》しかけようとしたハルトを無視《むし》して、おばさんはさっさと階段《かいだん》を下《お》りていってしまった。

ツグミがイツキに、小声《こごえ》で話《はな》しかける。

「……気配《けはい》、感《かん》じた？」

「ううん。でも、今《いま》のいっしゅんだけじゃ、何《なん》とも言《い》えないよ。もう少《すこ》し時間《じかん》をかけないと」

「私《わたし》も同《おな》じ。だけど——やっぱりあの人《ひと》が一番《いちばん》あやしいと思《おも》うのよね」

「その理由《りゆう》は？」

「とりあえず、うらない師《し》って職業《しょくぎょう》の時点《じてん》で、もういろいろとうさんくさいもの」

それは偏見《へんけん》というものじゃないだろうか、とイツキは思《おも》った。

ただ、ツグミは陰陽師《おんみょうじ》の子孫《しそん》であるという関係《かんけい》で、何《なに》か思《おも》うところがあるのかもしれない。

……イツキにとっては、うらない師《し》も陰陽師《おんみょうじ》も、あんまり変《か》わりない存在《そんざい》ではあるが。

四階《よんかい》のろうかに到着《とうちゃく》した。

「406号室《ごうしつ》に住《す》んでいるのは、どんな人《ひと》なの？　一人暮《ひとりぐ》らしの男《おとこ》の人《ひと》だったよね？」

イツキがハルトにたずねる。

「弁護士《べんごし》だってさ。年《とし》は三十四歳《さんじゅうよんさい》。――イツキも見《み》ただろ。マンション裏《うら》の駐車場《ちゅうしゃじょう》に停《と》まっている、真《ま》っ赤《か》なスポーツカー」

「ああ。あのすごく高《たか》そうなやつね」

「あれの持《も》ち主《ぬし》だよ」

「じゃあ、お金持《かねも》ちなのかな？」

「そりゃまあ、なんたって弁護士《べんごし》だからな」

ならば、セイラムとけいやくする者《もの》の条件《じょうけん》からは外《はず》れているようにも思《おも》うが……。

「でも仕事《しごと》がある人《ひと》なら、もう出《で》かけていてもおかしくない時間《じかん》よね」

ツグミの言《い》うことはもっともだった。

「中《なか》から人《ひと》が出《で》てくるのを待《ま》つのもいいかげんあきたし……こっちから訪《たず》ねてみない？」

イツキの提案《ていあん》に、二人《ふたり》はためらうことなくうなずいた。


マンションのどこかに落《お》とした携帯《けいたい》ゲームを探《さが》して、部屋《へや》を訪《たず》ね回《まわ》っている、――そういう設定《せってい》で、４０６号室《ごうしつ》を訪《たず》ねることにした。


ピンポーン。

ハルトがインターフォンをおす。

……しばらく待《ま》ったが、人《ひと》が出《で》てくる気配《けはい》はない。

部屋《へや》の中《なか》から声《こえ》や、物音《ものおと》も聞《き》こえてこないし、電気《でんき》も消《き》えているようだ。

「……やっぱ、留守《るす》みたいだね」

イツキが肩《かた》をすくめながらそう言《い》うと、ハルトが残念《ざんねん》そうに息《いき》をはいた。

「ハア。それなら、今日《きょう》の調査《ちょうさ》はひとまずこれで終《お》わりってこと？」

それしかないだろう。

会《あ》える人《ひと》には会《あ》ったし、とりあえず今《いま》はこれ以上《いじょう》、やれることはない。

成果《せいか》はほとんど何《なに》もなかったけど、それはしょうがない。

……と、イツキは思《おも》っていたが、ツグミはちがうようだった。


「――いえ、まだよ」

彼女《かのじょ》はうらない師《し》の部屋《へや》――402号室《ごうしつ》を指《ゆび》さした。

「留守《るす》の間《あいだ》に、部屋《へや》の中《なか》を調《しら》べられないかしら？」

どうやって？　と、イツキが聞《き》く前《まえ》に、ツグミはハルトの方《ほう》を向《む》いた。

「ハルト。このマンションの合鍵《あいかぎ》、どうにかして持《も》ち出《だ》せない？」

オーナーである伯父《おじ》さんなら、まちがいなく各部屋《かくへや》の合鍵《あいかぎ》は持《も》っているだろう。

その息子《むすこ》であるハルトに、それを手《て》に入《い》れさせようというのだ。

だが、さすがにハルトもとまどい、首《くび》を横《よこ》にふる。

「それはさすがに無理《むり》ですよ、ツグミさん。犯罪《はんざい》になっちゃう」

「そこをなんとか。お願《ねが》いできないかな？」

「いやいや、そう言《い》われましても……」

「……やっぱ、ダメかー」

それでもツグミはあきらめきれないのか、鍵穴《かぎあな》から402号室《ごうしつ》をのぞきこみはじめた。

「中《なか》に入《はい》れれば、ぬすまれた紙《かみ》がないか調《しら》べられるんだけどなー」

その様子《ようす》を見《み》ながら、ハルトがイツキに耳打《みみう》ちしてくる。

「……意外《いがい》と大胆《だいたん》なんだな、ツグミさん」

「……そうみたいだね」

「まあそれもまた、みりょく的《てき》だけどな」

「……あのさ。ハルトくんは前《まえ》からツグミさんを知《し》っている感《かん》じだったよね。どうして？」

「そりゃお前《まえ》――六年生《ろくねんせい》の日々野《ひびの》ツグミさんといったら、うちの学校《がっこう》の男子《だんし》の間《あいだ》ではちょっとした有名人《ゆうめいじん》だぞ。清楚《せいそ》で、可憐《かれん》で、美《うつく》しくて――」

「はあ……よくわからないけど」

「お前《まえ》はまだまだ子供《こども》だな、イツキ。彼女《かのじょ》のみりょくがわからないなんて。……まあ、おれとしてはライバルが減《へ》るのはありがたいがな」

男子二人《だんしふたり》が何《なに》か話《はな》しているのを気《き》にもとめず、ツグミは鍵穴《かぎあな》をのぞき続《つづ》けていた。

すると――。

「コラ。何《なに》をしているんだ？」

階段《かいだん》の方《ほう》から聞《き》こえてきた声《こえ》に、三人《さんにん》がおどろきながらそちらを向《む》く。

そこにいたのは、高《たか》そうなスーツで身《み》を固《かた》めた男《おとこ》の人《ひと》だった。

「のぞきは犯罪《はんざい》だぞ。子供《こども》だからといって、いたずらですまされることじゃない」

四階《よんかい》に上《あ》がってきたということは……この人《ひと》が、406号室《ごうしつ》の弁護士《べんごし》さんだろう。

「ご、ごめんなさい！　ちょっと、探《さが》し物《もの》をしていて」

ツグミがあわてながらそう取《と》りつくろう。

「探《さが》し物《もの》が、そこの部屋《へや》にあるっていうのかい？」

「それは……わからないですけど。私《わたし》、どこかにゲーム機《き》を落《お》としちゃって。だれか、拾《ひろ》ってないかな、って」

「――このマンションで落《お》としたのか？」

「はい。心当《こころあ》たりありませんか？」

「いや……知《し》らないな」

「そうですか……」

ツグミは少《すこ》しわざとらしいくらいの落《お》ちこんだ演技《えんぎ》をした。

「まあ、だからといって人《ひと》の部屋《へや》をのぞくのは感心《かんしん》できないな」

「はい、ごめんなさい。もうしません」

「ゲーム機《き》は、もし見《み》つけたら知《し》らせてあげるよ。……君《きみ》はここのマンションに住《す》んでいる子《こ》？」

「いえ、友達《ともだち》が住《す》んでいて、私《わたし》は遊《あそ》びに……!?」

ツグミの表情《ひょうじょう》が、急《きゅう》にこわばった。

「？　どうかした？」

「あ……いえ。今日《きょう》は友達《ともだち》の家《いえ》に遊《あそ》びにきたんです」

そう言《い》ってツグミは、イツキたちの方《ほう》を見《み》た。

「それぞれ、２０１号室《ごうしつ》と２０２号室《ごうしつ》に住《す》んでいます」

「じゃあもしゲーム機《き》を拾《ひろ》ったら、そのどちらかに持《も》っていけばいいね」

「はい。お願《ねが》いします」
ツグミはペコリと頭《あたま》を下《さ》げた。
……さっき、とつぜん変《か》わった、ツグミの表情《ひょうじょう》。
それがイツキには気《き》になった。
(――もしかして)
改《あらた》めて、弁護士《べんごし》に注意《ちゅうい》をはらう。
……ほんのわずかな、この違和感《いわかん》。
それは――初《はじ》めて会《あ》った時《とき》、ツグミに感《かん》じたのと同《おな》じものだった。
(ツグミさんの時《とき》とくらべると、だいぶ小《ち》さい気配《けはい》だけど)
それでも、感《かん》じる。
見《み》えないモノの存在《そんざい》。
――悪魔《あくま》の気配《けはい》だ。
「あ、あの!」

イツキが弁護士《べんごし》に声《こえ》をかける。

「なんだい？」

「お兄《にい》さん、弁護士《べんごし》さんなんですよね」

「そうだけど……どうしてそのことを？」

「いえ、それは——バッジをつけてるから」

弁護士《べんごし》は襟《えり》に小《ちい》さな、金色《きんいろ》のバッジをつけていた。

イツキはそれを、ドラマで見《み》たことがあった。

「弁護士記章《べんごしきしょう》のことを知《し》っているのか。君《きみ》は物知《ものし》りだね」

「すごいなー。弁護士《べんごし》さんって、頭《あたま》が良《よ》くないとなれないんですよね？」

「まあ……そうだね」

少《すこ》し照《て》れくさそうに、弁護士《べんごし》は答《こた》えた。

「なら、やっぱり本《ほん》とかもいっぱい読《よ》むんですか？」

「もちろん。法律《ほうりつ》の勉強《べんきょう》をいつでもしないといけないからね」

「このマンションの一階《いっかい》には、大《おお》きな書庫《しょこ》がありますよね」

「ああ。まだ学生《がくせい》だった時《とき》には、図書館代《としょかんが》わりによく利用《りよう》させてもらったよ。でもオーナーが代《か》わってからは、あまり使《つか》ってないな」

「どうしてですか？　伯父《おじ》さ――今《いま》のオーナーとけんかでもしたとか？」

「ハハッ、そういうわけじゃないよ。ちょうどそのころに試験《しけん》に受《う》かって弁護士《べんごし》になったからね。仕事《しごと》でいそがしくて、あまり立《た》ち寄《よ》るひまがないんだ」

最初《さいしょ》にツグミが怒《おこ》られた時《とき》にはどうなることかと思《おも》ったが、意外《いがい》と気《き》さくな人《ひと》みたいだ。

でも、彼《かれ》の身体《からだ》からは――やっぱり、悪魔《あくま》の気配《けはい》がただよっているのを感《かん》じる。

「もういいかい？　今《いま》はちょっと、部屋《へや》に忘《わす》れ物《もの》を取《と》りにきただけなんだ。すぐに職場《しょくば》にもどらないと」

「あ……はい。すみません、なんか足止《あしど》めしちゃって」

弁護士《べんごし》は軽《かる》くイツキたちに手《て》をふると、自分《じぶん》の部屋《へや》に入《はい》っていった。

「――なんか、あの人《ひと》はどろぼうって感《かん》じじゃなさそうだな」

ハルトがのん気《き》な口調《くちょう》でそう言《い》う。

たしかに、イツキがけいやく者《しゃ》でなかったならば、自分《じぶん》もそう思《おも》っていただろう。

（でも……まちがいない！）

あの人《ひと》が――セイラムを書庫《しょこ》から持《も》ち出《だ》した犯人《はんにん》だ。

13話《わ》

子供《こども》たちだけで問《と》いつめたところで、適当《てきとう》にごまかされるだけだろう。

「とりあえず、いったん下《した》に行《い》こうか」

イツキは二人《ふたり》にそう提案《ていあん》した。

「いいけど……どこに行《い》くんだ？」

ハルトが聞《き》いてくる。

「ハルトくんち」

「え、なんで？　いや別《べつ》にいやだってわけじゃないけど」

「これ以上《いじょう》のことを調《しら》べるなら、伯父《おじ》さんにマンションの人《ひと》たちについて、もっと聞《き》いた方《ほう》が良《よ》くない？」

「いや、いくら父《とう》ちゃんだって、そこまで住人《じゅうにん》のことを知《し》っているわけじゃないと思《おも》うぞ」

そこでツグミが、会話《かいわ》に加《くわ》わる。

「まあまあ。とにかくこれ以上《いじょう》ここにいてもしょうがないし、だれかの部屋《へや》に行《い》きましょうよ」

そしてハルトの顔《かお》をじっと見《み》つめる。

「ハルトは、私《わたし》が部屋《へや》に行《い》くの……いや？」

「そ……そんなことはありませんよ！　ツグミさんなら大《だい》かんげいです！　さあさあ、早《はや》く行《い》きましょう！　こちらです！」

顔《かお》を赤《あか》らめたハルトが、ツグミをエスコートするように階段《かいだん》を下《お》りていった。

――イツキのうで時計《どけい》から、声《こえ》が聞《き》こえてくる。

「ツグミ……あの年《とし》にして、女《おんな》の武器《ぶき》を心得《こころえ》ておるな」

「女《おんな》の武器《ぶき》？」

「うむ。彼女《かのじょ》からは、ラハブと同《おな》じふんいきを感《かん》じる……末恐《すえおそ》ろしい」

よくわかるような、わからないような。

「マサキに相談《そうだん》するのか？」

マリーがそうたずねてきた。

「うん。犯人《はんにん》がわかった以上《いじょう》、ここからは大人《おとな》に頼《たよ》った方《ほう》がいいと思《おも》う」

「それが賢明《けんめい》かもしれぬな……で、だれが犯人《はんにん》だったのだ？」

「マリーは気《き》がつかなかったの？　あの弁護士《べんごし》だよ」

「我《われ》には、他《ほか》の悪魔《あくま》の気配《けはい》を感《かん》じとることはできん。前《まえ》にも言《い》ったかもしれないが」

「けいやく者《しゃ》にできて、悪魔《あくま》にそれができないってのも、おかしな話《はなし》だね」

「同《おな》じ悪魔同士《あくまどうし》、だからこそかもしれんぞ？　自分《じぶん》の身体《からだ》と同《おな》じにおいには、たとえそれが悪臭《あくしゅう》であったとしてもなかなか気《き》がつけない――そんなところか」

「……」

「イツキはあの書庫《しょこ》に初《はじ》めて入《はい》った時《とき》、何《なに》かにおいを感《かん》じなかったか？」

「うん……紙《かみ》のにおい。本屋《ほんや》とか図書館《としょかん》とかでもするやつ」

「我《われ》はそれを感《かん》じぬ。いつも紙《かみ》の中《なか》に存在《そんざい》しているからだ。自分《じぶん》にとって当《あ》たり前《まえ》にあるものは、誰《だれ》しもがいつしか、感《かん》じとることができなくなる。それは悪魔《あくま》でも――人間《にんげん》でも同《おな》じだ」

「……そろそろ行《い》こうか。ハルトたちが下《した》で待《ま》ってる」

「ああ、そうだな」

イツキは階段《かいだん》を下《お》りて、二階《にかい》へ向《む》かった。

三人《さんにん》が２０１号室《ごうしつ》の前《まえ》にきたところでちょうど、扉《とびら》を開《あ》けて伯父《おじ》さんが出《で》てきた。

「おおハルト。探《さが》しに行《い》こうと思《おも》っていたところだ」

「え、なんで？」

「お前《まえ》、サッカーの練習《れんしゅう》には行《い》かなくていいのか？」

「……あ！　忘《わす》れてた！　今日《きょう》、水曜日《すいようび》だっけ」

あわててハルトは部屋《へや》の中《なか》に入《はい》り、しばらくするとユニフォーム姿《すがた》で出《で》てきた。

「悪《わる》いな。おれ、行《い》かなきゃ」

「うん。しょうがないね」

「というわけで、今日《きょう》は解散《かいさん》だな」

「え？」

たぶんハルトは、イツキとツグミを二人《ふたり》きりにはしたくないのだろう。

しかし伯父《おじ》さんがみけんにしわを寄《よ》せてこう言《い》う。

「おいハルト。せっかく来《き》てくれた友達《ともだち》を追《お》い返《かえ》すなんて、失礼《しつれい》だろう」

「でも……」

「イツキくんにツグミちゃん。さあ中《なか》に入《はい》って。お茶《ちゃ》でも飲《の》んでいきなさい」

ハルトはまだ何《なに》か言《い》いたげだったが、早《はや》く行《い》かないと練習《れんしゅう》にちこくすると思《おも》ったのだろう。

「じゃあ任《まか》せたぜ、父《とう》ちゃん」

それだけ言《い》って、階段《かいだん》を駆《か》け下《お》りていった。

ハルトには悪《わる》いが、これでえんりょすることなく伯父《おじ》さんに弁護士《べんごし》のことを話《はな》せる。

伯父《おじ》さんに入《い》れてもらったお茶《ちゃ》を一口《ひとくち》飲《の》んだ後《あと》、イツキはこう切《き》り出《だ》した。

「セイラムを持《も》ち出《だ》したかもしれない人《ひと》を見《み》つけました」

「それはすごいな、思《おも》ったより早《はや》く特定《とくてい》できたね。で、それはだれなんだい？」

「406号室《ごうしつ》の弁護士《べんごし》さんです」

「406号室《ごうしつ》……」

伯父《おじ》さんは近《ちか》くの棚《たな》から一冊《いっさつ》のファイルを取《と》り出《だ》すと、机《つくえ》の上《うえ》に置《お》いた。

それはマンションのけいやく書《しょ》をまとめたファイルのようだ。伯父《おじ》さんはファイルをパラパラとめくり、406号室《ごうしつ》のけいやく書《しょ》のところで手《て》を止《と》めた。

そこには弁護士《べんごし》の名前《なまえ》や職場《しょくば》の住所《じゅうしょ》が書《か》かれているほか、自動車免許証《じどうしゃめんきょしょう》のコピーも貼《は》られていた。

「この人《ひと》でまちがいない？」

伯父《おじ》さんは免許証《めんきょしょう》の顔写真《かおじゃしん》を指《ゆび》さした。

イツキはうなずく。

「間口《まぐち》さんか……彼《かれ》がセイラムといっしょにいるところを見《み》たのかい？」

「いいえ。でも、あの人《ひと》から気配《けはい》がしたんです。悪魔《あくま》の」

「なるほど。けいやく者《しゃ》にはそういう能力《のうりょく》があるって、前《まえ》に言《い》っていたね」

伯父《おじ》さんもお茶《ちゃ》を一口《ひとくち》飲《の》む。

そしてツグミの顔《かお》をチラッと見《み》た。

「ええと、ツグミちゃんはこのことを――」

「はい。イツキから全《すべ》て聞《き》きました」

「……まあ、君《きみ》ならさほど問題《もんだい》ないか。じゃあハルトは――」

「彼《かれ》は知《し》りません。教《おし》えない方《ほう》がいいと、私《わたし》もイツキも思《おも》ったので」

「そうだな。あいつはああ見《み》えて現実主義者《リアリスト》だ。自分《じぶん》の息子《むすこ》をこんなふうに言《い》うのはなんだけど……悪魔《あくま》や式神《しきがみ》の存在《そんざい》を簡単《かんたん》には受《う》け入《い》れないだろうし、信《しん》じたら信《しん》じたで、今度《こんど》は周《まわ》りに言《い》いふらしてしまう可能性《かのうせい》もある」

伯父《おじ》さんは椅子《いす》にもたれかかり、一瞬《いっしゅん》だけ天井《てんじょう》を見《み》た。

「セイラムを見《み》つけてくれてありがとう。あとはおれから間口《まぐち》さんに聞《き》いてみるよ」

そこでとつぜん、マリーがうで時計《どけい》からハムスターにもどり、机《つくえ》の上《うえ》にぴょんと飛《と》び乗《の》った。

「だが、ヤツが素直《すなお》に白状《はくじょう》すると思《おも》うか？」

そう伯父《おじ》さんに問《と》いかける。

「さあな。そもそも間口《まぐち》さんが意図的《いとてき》に紙《かみ》を持《も》ち出《だ》したのか、それともセイラムが勝手《かって》についていったのかも、まだわからない」

「セイラムは自分《じぶん》で封印《ふういん》を解《と》くことはできなかったはず。ならば、あの男《おとこ》がひもをほどいたというとになる」

「少《すく》なくとも、あの書庫《しょこ》に無断《むだん》で立《た》ち入《い》ったことだけはまちがいないな。それだけでも立派《りっぱ》な不《ふ》法侵入罪《ほうしんにゅうざい》だ」

伯父《おじ》さんはうす笑《わら》いをうかべながら、横目《よこめ》でイツキを見《み》た。

イツキは気《き》まずくなり、思《おも》わずうつむく。

「フフ……まあいいさ。ともかく彼《かれ》が仕事《しごと》から帰《かえ》ってくるころを見計《みはか》らって、一度《いちど》訪《たず》ねてみるとしよう」

――ピピピ。

どこかからアラーム音《おん》が聞《き》こえてきた。

伯父《おじ》さんがズボンのポケットから携帯電話《けいたいでんわ》を取《と》り出《だ》すと、その音《おと》がさらに大《おお》きくなる。

アラームを止《と》めながら、伯父《おじ》さんが言《い》った。

「十二時《じゅうにじ》だ」

それを聞《き》いたツグミが立《た》ち上《あ》がった。

「では私《わたし》、そろそろ失礼《しつれい》しますね。家《いえ》で使用人《しようにん》が昼食《ちゅうしょく》を用意《ようい》しているはずなので」

(し、使用人《しようにん》!?)

なんとなく予想《よそう》していたことだったが、やはりツグミの家《いえ》は結構《けっこう》なお金持《かねも》ちのようだ。

……使用人《しようにん》ではないが、イツキの家《いえ》でも母《かあ》さんの作《つく》った昼《ひる》ごはんができているころだろう。

「じゃあ、ぼくも帰《かえ》ります」

「ああ。結果《けっか》がどうなったかは、ちゃんと知《し》らせるから任《まか》せておけ。イツキくんにとっては重要《じゅうよう》なことだろうからな」

そう。

セイラムがいなければ、ぼくはけいやくを解除《かいじょ》できない。

(……でも)

イツキはマリーを見《み》た。

けいやくを解除《かいじょ》するということは――。
マリーとも、さよならしなくちゃいけないってことだ。

14話《わ》

家《いえ》のチャイムが聞《き》こえた。

その日《ひ》の夜《よる》。

自分《じぶん》の部屋《へや》でイツキがのんびりしていると、家《いえ》のチャイムが聞《き》こえた。

しばらくして、母《かあ》さんが部屋《へや》に入《はい》ってくる。

「イツキ、起《お》きてる?」

「……ノックしてから入《はい》ってきてよ。何《なに》?」

かくれるのが得意《とくい》なマリーは、すばやくベッドの下《した》にもぐりこんでいた。

「ハルトくんが来《き》てるわよ」

ハルトが?

こんな夜《よる》おそくに、何《なん》の用《よう》だろう?

玄関《げんかん》まで行《い》くと、ハルトが手招《てまね》きしながらこう言《い》ってきた。

「おいイツキ。ちょっとうちに来《こ》い」

「何《なに》かあったの？」

「あの弁護士《べんごし》が自白《じはく》したっぽい」

「え？」

「どろぼうの件《けん》だよ。今《いま》、うちで父《とう》ちゃんと話《はなし》してる」

「ぼくらも……行《い》っていいの？」

「ダメだろうけど、こっそりぬすみ聞《ぎ》きしようぜ」

それが道徳的《どうとくてき》に正《ただ》しいかはともかく、イツキにとっても興味《きょうみ》があることなのはたしかだった。

「ちょっと待《ま》ってて。準備《じゅんび》してから行《い》く」

「急《いそ》いでな」

イツキはいったん、自分《じぶん》の部屋《へや》にもどった。

――マリーも、連《つ》れていった方《ほう》がいいだろう。


伯父《おじ》さんと弁護士《べんごし》は、居間《いま》にいるようだ。

その閉《し》められた扉《とびら》の前《まえ》で、イツキとハルトは聞《き》き耳《みみ》を立《た》てていた。

「……どうか、警察《けいさつ》だけはかんべんしてもらえませんか？」

「それは、ちゃんと話《はなし》を聞《き》いてから判断《はんだん》します。間口《まぐち》さん、弁護士《べんごし》であるあなたが、いったいどうして――」

「……借金《しゃっきん》があるんです」

「……え？」

「弁護士《べんごし》になれた時《とき》、うれしさもあってついいろいろとお金《かね》を使《つか》いこんでしまって――これからは収入《しゅうにゅう》も増《ふ》えるし、問題《もんだい》ないと思《おも》っていたんです。……でも、最近《さいきん》は弁護士《べんごし》だからといって、すぐにかせげるわけでもないらしく……」

「……少《すこ》しだけ、おかしいとは思《おも》っていたんですよ。弁護士《べんごし》といっても、あなたはまだキャリアの浅《あさ》い新人《しんじん》のはずだ。そのわりにはずいぶんと羽《は》ぶりがいいな、と――」

「全部《ぜんぶ》、借金《しゃっきん》で買《か》った物《もの》です。近《ちか》ごろはその返済《へんさい》にも困《こま》っていて……そんな時《とき》、あの秘密《ひみつ》の書庫《しょこ》のことを思《おも》い出《だ》したんです。前《まえ》のオーナー……あなたのお父様《とうさま》も、あそこには入《はい》らないよう、しつこいくらいにぼくに言《い》っていました。だから、きっと金目《かねめ》の物《もの》をかくしてあるんだろうな、と」

「あそこには常《つね》に鍵《かぎ》をかけていたはずですが、どうやって入《はい》ったんです？」

「合鍵《あいかぎ》を裏庭《うらにわ》の植木《うえき》ばちの下《した》にかくしてあるのを知《し》っていたので、それをこっそりと――」

「え!?」

「……知《し》らなかったんですか？」

「……親父《おやじ》、いいかげんなところがあったからなあ……。ただ、書庫《しょこ》にはあなたの望《のぞ》む物《もの》なんて、なかったと思《おも》いますが？」

「はい……古《ふる》い紙束《かみたば》ぐらいしかありませんでした。値打《ねう》ちのある物《もの》なのかもしれませんが、ぼくにはわからないですし——でも、とりあえず一《ひと》つだけ、束《たば》を取《と》り出《だ》して見《み》てみることにしたんです。そしたら……紙束《かみたば》の中《なか》に、一万円札《いちまんえんさつ》が」

「……一万円札《いちまんえんさつ》？」

「あなたが知《し》らないなら、きっとお父様《とうさま》のへそくりだったんでしょうね。旧札《きゅうさつ》でしたし」

「……で、それを思《おも》わず、持《も》ち出《だ》してしまったと」

「どうもすみませんでした!!　必《かなら》ずべんしょうしますので、それでかんべんを！」

「べんしょう、というか……そのぬすんだ一万円札《いちまんえんさつ》を返《かえ》してもらえれば、それでいいですよ。ことをあらだてる気《き》もありませんし」

「……いえ……それが……」

「どうかしましたか？」

「……もう、使《つか》ってしまったんです。そのお金《かね》」

15話《わ》

次《つぎ》の日《ひ》、イツキは図書室《としょしつ》でマリーと話《はな》していた。

「マリーはどう思《おも》う？」

「あの男《おとこ》の証言《しょうげん》についてか？　一応《いちおう》、筋《すじ》は通《とお》っていたように思《おも》うが」

「秘密《ひみつ》の書庫《しょこ》にあった、一万円札《いちまんえんさつ》っていうのは——」

「セイラムが化《ば》けていたのだろうな。相手《あいて》に自分《じぶん》を秘密《ひみつ》の書庫《しょこ》から持《も》ち出《だ》させるために」

「なんでそんな、回《まわ》りくどいことをしたんだろう？」

「貴様《きさま》のように素直《すなお》に悪魔《あくま》とけいやくする人間《にんげん》ばかりではない。セイラムは悪知恵《わるぢえ》の働《はたら》く悪魔《あくま》だ。まずは書庫《しょこ》からぬけ出《だ》すのが先決《せんけつ》だと考《かんが》えたのだろう」

別《べつ》にイツキも、素直《すなお》にマリーを受《う》け入《い》れたわけではないのだが。

（……ほとんど、だましうちみたいなもんだったし……）

「ただ——やっぱりぼくはあの人《ひと》、ウソをついていると思《おも》う」

「なぜだ？」

「もうセイラムを手放《てばな》したんだったら、悪魔《あくま》の気配《けはい》が残《のこ》っているのはおかしいような気《き》がするし」

「ならば、ヤツがいまだに一万円札《いちまんえんさつ》――セイラムを持《も》ち続《つづ》けていると言《い》いたいのか？」

「うん」

「……別《べつ》の考《かんが》え方《かた》もある。あの男《おとこ》がすでにけいやくを交《か》わしていたならば――たとえセイラムとはなれても、それが解除《かいじょ》されることはない」

「あ、そうか」

それならば、仮《かり》に弁護士《べんごし》が本当《ほんとう》のことを言《い》っていたとしても、悪魔《あくま》の気配《けはい》がすることとのつじつまは合《あ》う。

実際《じっさい》、イツキが感《かん》じることのできる気配《けはい》の出《で》どころは――「けいやく者本人《しゃほんにん》」からなのか？

それとも「けいやくした悪魔《あくま》」からなのだろうか？

そのあたりが、はっきりしない。

（……いや、やっぱり『けいやく者本人《しゃほんにん》』の方《ほう》だろうな。ツグミさんが式神《しきがみ》を呼《よ》ぶ前《まえ》から、ぼくは彼女《かのじょ》からその気配《けはい》を感《かん》じていた）

一方《いっぽう》で今《いま》、目《め》の前《まえ》にいるマリーからは、それを感《かん》じないのだ。

（式神《しきがみ》を『見《み》る』ことができたのは、似《に》ているようで、これとはまたちがった力《ちから》ってことだ）

すなわち——弁護士《べんごし》がセイラムとけいやくをしていること自体《じたい》は、まずまちがいない。

問題《もんだい》はセイラムが今《いま》、どこにいるかということだ。

——昨日《きのう》の夜《よる》、伯父《おじ》さんにどこで一万円札《いちまんえんさつ》を使《つか》ってしまったのか聞《き》かれた弁護士《べんごし》は「覚《おぼ》えていない」と答《こた》えた。

そう言《い》われてしまっては、伯父《おじ》さんもそれ以上《いじょう》、彼《かれ》を追《お》いつめようがなさそうな様子《ようす》だった。

たとえ弁護士《べんごし》を警察《けいさつ》につき出《だ》しても、セイラムがもどってくる可能性《かのうせい》は低《ひく》いだろう。

伯父《おじ》さんもそう考《かんが》えたのか、一万円《いちまんえん》をべんしょうすることを条件《じょうけん》に、弁護士《べんごし》を解放《かいほう》し帰《かえ》してしまった。

もちろん、返《かえ》ってくる一万円《いちまんえん》は新札《しんさつ》だろう。

それはセイラムではない。

「旧札《きゅうさつ》って……今《いま》では発行《はっこう》されていないお金《かね》のことだよね。ふつうに使《つか》えるものなのかな？」

それを聞《き》かれたマリーは、首《くび》を横《よこ》にふる。

「さあな。我《われ》はそこまで人間《にんげん》の社会《しゃかい》にくわしくない」

でも、伯父《おじ》さんがそのことについてつっこまなかったってことは、まあたぶん使《つか》えるんだろうな。

「……あのさ」

イツキはさらにマリーにたずねる。

「悪魔《あくま》って、けいやく者《しゃ》とはなれていてもいいものなの？」

「いや——悪魔《あくま》にはけいやく者《しゃ》のそばに付《つ》きそわねばならないという『ルール』がある。そうでなければけいやく自体《じたい》を実行《じっこう》できないからな」

「ならさ、弁護士《べんごし》がセイラムの一万円札《いちまんえんさつ》を使《つか》ってしまったとしても——」

「……セイラムは自《みずか》らの意思《いし》で、もどっていくだろうな。けいやく者《しゃ》の元《もと》へ」

はなれても、自分《じぶん》で帰《かえ》ってくる悪魔《あくま》。

そして、セイラムが化《ば》けているのは——。

（——もしかして……）

なんとなく、真実《しんじつ》が見《み》えてきたような気《き》がした。

16話《わ》

イッキたちの住《す》むマンションから二百《にひゃく》メートルほどはなれたところに、コンビニエンスストアがある。その駐車場《ちゅうしゃじょう》に、赤《あか》いスポーツカーが停《と》まった。

車《くるま》から降《お》りた弁護士《べんごし》の間口《まぐち》は、そのまま店《みせ》の中《なか》に入《はい》り、かしパンや弁当《べんとう》、缶《かん》ビールなどをつぎつぎに買《か》い物《もの》かごに入《い》れていく。

そしてそれを、レジにいる年配《ねんぱい》の女性店員《じょせいてんいん》にわたした。

「2376円《えん》になります」

間口《まぐち》は財布《さいふ》から一万円札《いちまんえんさつ》を取《と》り出《だ》し、店員《てんいん》にわたそうとした——その時《とき》。

「——やっぱり、あなたが持《も》っていたんですね」

間口《まぐち》に話《はな》しかけたのは、イッキだった。

コンビニから大通《おおどお》りをはさんだ先《さき》に、小《ちい》さな公園《こうえん》がある。

そこにあるベンチに、イッキと間口《まぐち》は少《すこ》しはなれてこしかけていた。

「……どうしてぼくが、あのコンビニにいるとわかった？」

間口《まぐち》はかしパンをほおばりながら、イッキにたずねる。

「オーナーの家《いえ》で、406号室《ごうしつ》のけいやく書《しょ》を見《み》たんです。そこにはあなたの職場《しょくば》の住所《じゅうしょ》も書《か》れていた。意外《いがい》とマンションから近《ちか》かったので行《い》こうと思《おも》い、そちらへ向《む》かって歩《ある》いていたら……その途中《とちゅう》、コンビニの駐車場《ちゅうしゃじょう》で赤《あか》いスポーツカーを発見《はっけん》しました」

「この辺《あた》りであんな派手《はで》な車《くるま》に乗《の》っているのは、ぼくくらいか」

間口《まぐち》は財布《さいふ》から一万円札《いちまんえんさつ》を取《と》り出《だ》し、それを指《ゆび》ではさむように持《も》つ。

「――こんな旧一万円札《きゅういちまんえんさつ》に、君《きみ》はなぜそんなにこだわる？　古《ふる》いお金《かね》だといっても、別《べつ》に新札《しんさつ》と価値《かち》が変《か》わるわけじゃない。オーナーにはちゃんと一万円《いちまんえん》をべんしょうする。それで問題《もんだい》ないじゃないか」

「逆《ぎゃく》に聞《き》きます。あなたはなぜ、そのお札《さつ》をオーナーに返《かえ》そうとしないのですか？」

「……」

「あなたは知《し》っているんだ。それに特別《とくべつ》な力《ちから》があることを」

「……その通《とお》り。これは――無限《むげん》に使《つか》える、魔法《まほう》の一万円札《いちまんえんさつ》だ。使《つか》ってもいつの間《ま》にか、ぼくの財布《さいふ》にもどってきている。たかが一万円《いちまんえん》、されど一万円《いちまんえん》だよ。これさえあれば、ぼくはこれから一生《いっしょう》、お金《かね》に困《こま》ることはないだろうね」

「でも、それは人《ひと》からぬすんだ物《もの》です」

「時任《ときとう》さんはこのお札《さつ》の存在《そんざい》を知《し》らなかった。これは前《ぜん》オーナーの持《も》ち物《もの》だったということだ。――前《ぜん》オーナーはもう亡《な》くなっている。だからこれはもう、だれの物《もの》でもない」

「オーナーはあのマンションと、図書室《としょしつ》の本《ほん》の全《すべ》てを相続《そうぞく》しています。そのお札《さつ》もその中《なか》にふくまれるんじゃないですか？」

「……法律上《ほうりつじょう》は、そういうことになるね。だが法律《ほうりつ》というのは、現実的《げんじつてき》な事象《じしょう》に対《たい》して適用《てきよう》されるものだ。この不思議《ふしぎ》なお札《さつ》に、そんな現実《げんじつ》の法律《ほうりつ》を当《あ》てはめる必要《ひつよう》なんてないんじゃないかな」

「……」

「この一万円札《いちまんえんさつ》はぼくの元《もと》にもどってくる。それはぼくこそがこのお札《さつ》の持《も》ち主《ぬし》であることの、何《なに》よりの証明《しょうめい》なんじゃないか？　法律《ほうりつ》なんてくそくらえだ」

およそ弁護士《べんごし》とは思《おも》えないような発言《はつげん》だ。

――だが、ここまでの話《はなし》で、なんとなくわかった。

彼《かれ》はやはり……自分《じぶん》が悪魔《あくま》とけいやくしてしまったことに、気《き》がついていない。

「あなたに、見《み》てもらいたいものがあります」

イツキは自分《じぶん》の左《ひだり》うでを持《も》ち上《あ》げた。

「うで時計《どけい》――？　いや、よく見《み》るとこれ、紙製《かみせい》じゃないか。自分《じぶん》で作《つく》ったのか？　ハハ、子供《こども》らしいな」

「でもこれ、そのお札《さつ》と同《おな》じなんですよ」

「？」

「――マリー。弁護士《べんごし》さんに自己紹介《じこしょうかい》しなよ」

そのしゅんかん、うで時計《どけい》がイツキのうでからはなれ――空中《くうちゅう》で変形《へんけい》していく。

「なっ……」

あ然《ぜん》とする間口《まぐち》の前《まえ》に、ハムスターとなったマリーが降《お》り立《た》った。

「我《わ》が名《な》はマリー。『ごうまんの悪魔《あくま》』なり」

「……ハムスター……いや、紙《かみ》がしゃべった!?　それに、『悪魔《あくま》』って――」

「貴様《きさま》が持《も》つ一万円札《いちまんえんさつ》も、我《われ》の仲間《なかま》。紙《かみ》の悪魔《あくま》が変形《へんけい》した姿《すがた》なのだ」

そしてマリーは、間口《まぐち》の持《も》つ一万円札《いちまんえんさつ》に呼《よ》びかけた。

「だまってないで、貴様《きさま》も何《なに》か言《い》ったらどうだ？　――セイラム」

すると、間口《まぐち》の指《ゆび》からお札《さつ》がするりとぬけ落《お》ち――。

地面《じめん》につく前《まえ》に、ミミズクの姿《すがた》へと変形《へんけい》した。

「ホー。やあやあ、ごきげんよう。マリー」

セイラムは羽《はね》を広《ひろ》げてまい上《あ》がり、間口《まぐち》の頭《あたま》の上《うえ》に降《お》り立《た》った。

「せっかく外《そと》の世界《せかい》を楽《たの》しんでいたというのに……じゃまをしないでいただきたいですねえ」

「貴様《きさま》がどうしようが、我《われ》の知《し》ったことではない。……だが、貴様《きさま》を見《み》つけることが、我《わ》がけいやく者《しゃ》の望《のぞ》みだったのでな」

間口《まぐち》はまだ、今《いま》の状況《じょうきょう》をよくわかっていないようだった。

「これは……いったい、なんなんだ!?」

イツキがそれに応《おう》じる。

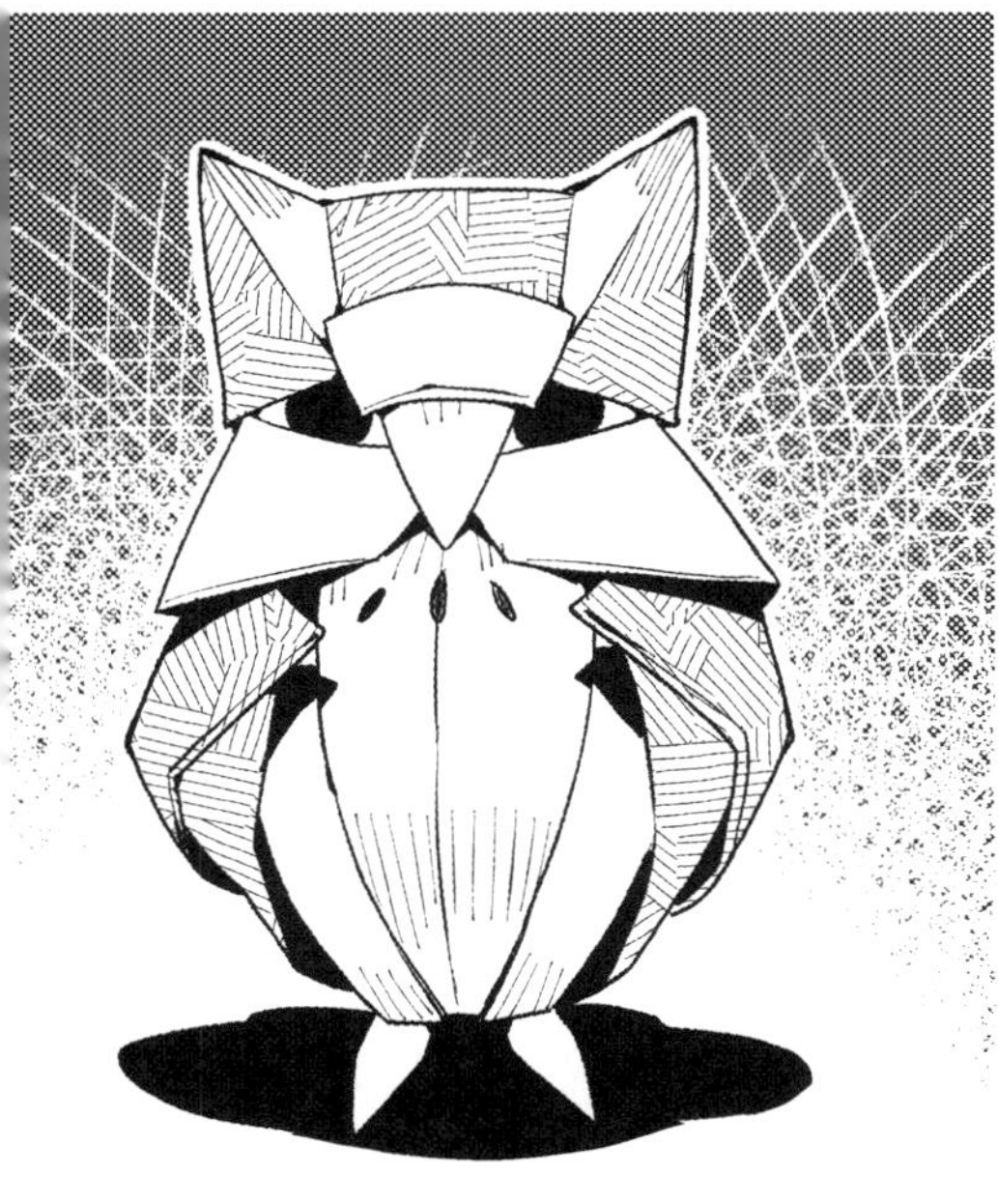

「今《いま》、マリーが言《い》った通《とお》りですよ。あなたは知《し》らぬ間《ま》に、悪魔《あくま》とけいやくしてしまっていた。そして……ぼくらは、その悪魔《あくま》を取《と》りもどしにきたってわけです」

「悪魔《あくま》……だ、だから何《なん》だっていうんだ！　ぼくはこいつを返《かえ》さんぞ！」

「それでいいんですか？　悪魔《あくま》はけいやく者《しゃ》の願《ねが》いをかなえますが――その代《か》わりに、いずれ不《ふ》幸《こう》をもたらすんです」

「不幸《ふこう》？　――フ、フン、かまわんさ。ぼくには金《かね》が必要《ひつよう》なんだ。そのためなら地獄《じごく》にだって行《い》ってやるさ。『地獄《じごく》の沙汰《さた》も金次第《かねしだい》』だ！」

うろたえつつも、そう答《こた》える間口《まぐち》。

その眼《め》は少《すこ》し血走《ちばし》っていて、イツキは少《すこ》し怖《こわ》く感《かん》じた。

何度《なんど》でも使《つか》えるといっても、一回《いっかい》に使《つか》えるのはたった一万円《いちまんえん》だ。子供《こども》のイツキにとっては大金《たいきん》だが、大人《おとな》ならそうではないだろう。

――それなのに、こんなふうになってしまうものなのか。

実際《じっさい》、こう開《ひら》き直《なお》られると、イツキにはこれ以上《いじょう》言《い》えることもなかった。

悪魔《あくま》とけいやくすると不幸《ふこう》になる、というのは今《いま》のところ、あくまで伯父《おじ》さんが主張《しゅちょう》しているだけに過《す》ぎない。

イツキにだってまだ、その不幸《ふこう》らしきものは訪《おとず》れていないのだ。

「……でも、やっぱりそれは人《ひと》の物《もの》だし……」

そう反論《はんろん》するのが精一杯《せいいっぱい》だった。

物《もの》あつかいされたセイラムが少《すこ》しむっとした顔《かお》をしたが、間口《まぐち》はそんな彼《かれ》の身体《からだ》を手《て》でつかむと、こう命令《めいれい》した。

「おい悪魔《あくま》。いつまでも人《ひと》の頭《あたま》の上《うえ》に乗《の》っているんじゃない。そろそろ一万円札《いちまんえんさつ》にもどれ」

「……御意《ぎょい》」

言《い》われたとおり、間口《まぐち》の手《て》の中《なか》でセイラムは一万円札《いちまんえんさつ》にもどる。

彼《かれ》はそれを財布《さいふ》に入《い》れ、そしてその財布《さいふ》ごと自《みずか》らのカバンにおしこんだ。

「オーナーだろうが警察《けいさつ》だろうが、告《つ》げ口《ぐち》したければすればいいさ。どうやらこいつは自由《じゆう》に姿《すがた》を変《か》えられるようだからな。いくらでもごまかしようはある」

間口《まぐち》はベンチから立《た》ち上《あ》がった。

「ぼくはもう失礼《しつれい》する。……子供《こども》は子供《こども》らしく、余計《よけい》なことに首《くび》をつっこまずに公園《こうえん》の遊具《ゆうぐ》ででも遊《あそ》んでいるんだな」

そうはき捨《す》て、駆《か》け足《あし》で公園《こうえん》の出入《でい》り口《ぐち》へと向《む》かっていった。

「ま、待《ま》って下《くだ》さい。話《はなし》はまだ――」

イツキがそう呼《よ》びかけても、間口《まぐち》は無視《むし》して公園《こうえん》を出《で》て、横断歩道《おうだんほどう》をわたりはじめた。

彼《かれ》はよほど興奮《こうふん》していたのか、自分《じぶん》に近《ちか》づいてくるバイクに気《き》がついていなかったようだ。

――そのまま間口《まぐち》は、猛《もう》スピードでつっこんできたそのバイクにはね飛《と》ばされてしまった。


「……え？」

とつぜんの出来事《できごと》に、イツキはあ然《ぜん》とするしかなかった。

たおれている間口《まぐち》のすぐそばにバイクが停《と》まる。

フルフェイスのヘルメットをかぶった運転手《うんてんしゅ》が間口《まぐち》にかけ寄《よ》り、しばらく様子《ようす》を見《み》ているようだったが――。

やがてその運転手《うんてんしゅ》は、間口《まぐち》からカバンをうばうと、そのまま再《ふたた》びバイクに乗《の》りこみその場《ば》を立《た》ち去《さ》ってしまった。

――あのカバンの中《なか》には、セイラムが入《はい》っている。

（で、でもその前《まえ》に！）

我《われ》に返《かえ》ったイツキは、間口《まぐち》の元《もと》に駆《か》け寄《よ》った。

事故《じこ》に気《き》がついた人《ひと》たち数人《すうにん》が、すでに間口《まぐち》の周《まわ》りに集《あつ》まっていた。

「おい！」

だれかがイツキに、そう声《こえ》をかける。

ハルトだった。

「ハルトくん！」

「こいつ、あの弁護士《べんごし》だよな。……何《なに》があった？」

「バイクが、この人《ひと》をはねて、セ——紙《かみ》の入《はい》ったカバンをぬすんでいったんだ」

「紙《かみ》って、秘密《ひみつ》の書庫《しょこ》のヤツだよな」

「うん……」

「……じゃあ、救急車《きゅうきゅうしゃ》はおれが呼《よ》んでおくから——」

ハルトはスマホを取《と》り出《だ》し、次《つぎ》にイツキにこう言《い》った。

「お前《まえ》はそのバイクを——悪魔《あくま》を追《お》え！」

「!?　ハルトくん、悪魔《あくま》のこと、知《し》って——」

「あのな。おれはお前《まえ》よりずっと長《なが》く、あそこに住《す》んでるんだぜ。……まったく、お前《まえ》も父《とう》ちゃんも、おれのことナメすぎ――いいから、早《はや》く行《い》け！」
バイクは、そのマンションのある方角《ほうがく》へと走《はし》っていった。
イツキもまた、そちらへ向《む》かってかけ出《だ》した。

17話《わ》

――とはいえ、相手《あいて》はバイクだ。

イッキの足《あし》で追《お》いつけるはずもない。

(どうすれば――)

すると右側《みぎがわ》から、声《こえ》が聞《き》こえてきた。

「お困《こま》りのようだな、イッキ」

マリーが、イッキの右肩《みぎかた》に乗《の》っていたのだ。

「マリー、いつのまに――」

「悪魔《あくま》はけいやく者《しゃ》のそばをはなれん。――さて、お前《まえ》はあのバイクに追《お》いつきたいようだな」

「もちろん。でも――」

「ならば、我《われ》にそれを望《のぞ》め」

「え?」

「かなえてやるさ。それが貴様《きさま》の願《ねが》いであるならば」

「じゃ、じゃあマリー。ぼくに——バイクに追《お》いつける力《ちから》を！」

「承知《しょうち》した」

そのとたん、マリーの身体《からだ》が変化《へんか》をはじめた。

まずは一枚《いちまい》の紙《かみ》——イツキが最初《さいしょ》に見《み》つけた時《とき》の、あのイラストのえがかれたページの姿《すがた》へともどり——。

次《つぎ》に、その紙《かみ》の周《まわ》りに、黒《くろ》いうずのような霧《きり》が集《あつ》まりはじめた。

「これは——？」

霧《きり》はどんどん大《おお》きくなり、勢《いきお》いよく回転《かいてん》しはじめたかと思《おも》うと——。

とつぜん、全《すべ》てはじけとんだ。


気《き》がつけば、イツキの背中《せなか》には——。

大《おお》きな、つばさが生《は》えていたのだ。

「あの式神《しきがみ》と同様《どうよう》、他《ほか》の者《もの》には見《み》えぬつばさだ。だが……これで貴様《きさま》は、空《そら》も飛《と》べるはず」

どこかからマリーの声《こえ》が聞《き》こえる。

背中《せなか》に生《は》えたつばさからだった。

「さあ、行《い》くがいい――イツキ」

つばさはまるで自分《じぶん》の手足《てあし》のように、簡単《かんたん》にあつかうことができた。

想像以上《そうぞういじょう》のスピードでイツキは空《そら》を舞《ま》い、進《すす》んでいく。

この姿《すがた》が他《ほか》の人《ひと》たちにはどう見《み》えているのか――そんなことを少《すこ》し気《き》にしながらも、イツキはついに前《まえ》を走《はし》るバイクを見《み》つけた。

「いた！」

イツキは飛《と》びながら、バイクに近《ちか》づいていった。

運転手《うんてんしゅ》は前《まえ》しか見《み》ていないからなのか、まだこちらには気《き》がついていないようだ。

その右《みぎ》うでには、間口《まぐち》のカバンがかけられている。

それをうばいとるため、イツキはさらにバイクと距離《きょり》をつめていった。

手《て》をのばし、カバンをつかもうとする。

（もう少《すこ》し……）

だが、そこで――急《きゅう》にバイクのスピードが上《あ》がった。

いや、ちがう。

イツキのスピードが落《お》ちているのだ。

「すまぬ、イツキ。そろそろ限界《げんかい》のようだ」

「え、もう!?」

スピードはどんどん落《お》ちていき、歩《ある》く速度《そくど》とたいして変《か》わらなくなったころ――イツキは地面《じめん》に着陸《ちゃくりく》した。

背中《せなか》に生《は》えていたつばさは、もうない。

マリーはハムスターの姿《すがた》にもどっていた。

バイクはどんどん、イツキからはなれていく。

(このままじゃ、逃《に》げられる!)

そう思《おも》った次《つぎ》の瞬間《しゅんかん》――。

横《よこ》から何《なに》かが、バイクに飛《と》びかかったのが見《み》えた。

「うわ!?」

バイクは運転手《うんてんしゅ》ごと横転《おうてん》し、その場《ば》に止《と》まった。

その運転手《うんてんしゅ》の左《ひだり》うでに、かじりついていたのは――。

「トモゾウ！　もどれ！」

女《おんな》の子《こ》の声《こえ》が、近《ちか》くから聞《き》こえてきた。

イツキがそちらを向《む》くと、そこにいたのはツグミだ。

「ツグミさん！」

「何《なに》があったの？　つばさを生《は》やしたイツキがバイクを追《お》いかけているのを見《み》かけて、思《おも》わずやっちゃったけど」

かけ寄《よ》ってきたツグミが、イツキにそうたずねる。

「あのカバンの中《なか》に、セイラムが――」

イツキがバイクの方《ほう》を向《む》いた時《とき》、立《た》ちあがった運転手《うんてんしゅ》がよろけながらも、カバンをつかみ、近《ちか》くのビルに入《はい》っていくのが見《み》えた。

「追《お》いかけよう！」

イツキがそう言《い》うとツグミもうなずき、二人《ふたり》で運転手《うんてんしゅ》を追《お》った。

ビルに入《はい》ると、すでに運転手《うんてんしゅ》の姿《すがた》はなかったが、エレベーターの階数表示《かいすうひょうじ》が動《うご》いていた。

エレベーターは「R」の表示《ひょうじ》になったところで、ようやく止《と》まった。

「屋上《おくじょう》だ！」

このビルは五階建《ごかいだ》てだ。あまり大《おお》きなビルというわけでもない。

エレベーターがもどってくるのを待《ま》ちきれなかった二人《ふたり》は、そのまま階段《かいだん》を駆《か》け上《あ》がっていった。

屋上《おくじょう》へ着《つ》くと、ヘルメットをかぶったままの運転手《うんてんしゅ》が、手《て》すりにもたれ座《すわ》りこんでいるのが見《み》えた。

向《む》こうもイツキたちに気《き》がついたみたいだったが、これ以上逃《いじょうに》げだそうとする様子《ようす》はない。

二人《ふたり》は運転手《うんてんしゅ》に近寄《ちかよ》っていった。

「ハア……ハア……」

ヘルメットごしでも、相手《あいて》の息《いき》が乱《みだ》れているのがわかる。

無理《むり》もない。高速《こうそく》で走《はし》っていたバイクで転倒《てんとう》したのだから。

しかし見《み》た限《かぎ》りでは、骨《ほね》が折《お》れている感《かん》じではなさそうだった。

ツグミが運転手《うんてんしゅ》のヘルメットに手《て》をかけ、それを持《も》ち上《あ》げた。

「――!?　あなたは……」

見覚《みおぼ》えのある顔《かお》だった。

301号室《ごうしつ》の住人《じゅうにん》――。

あの、お金《かね》がないとなやんでいた大学生《だいがくせい》の青年《せいねん》だ。

「まいったなあ……バイクで転《ころ》んだ上《うえ》に、知《し》り合《あ》いに顔《かお》を見《み》られちゃうなんて……」

式神《しきがみ》の姿《すがた》が見《み》えない彼《かれ》は、自分《じぶん》の運転《うんてん》ミスで転《ころ》んだと思《おも》っているようだ。

「あなた、弁護士《べんごし》さんをバイクではねて、カバンをぬすみましたよね？」

イツキがたずねる。

「それも見《み》られていたのか……はあ……」

「なんであんなことを？」

「……別《べつ》に、あの人《ひと》をはねるつもりはなかったんだよ。ただ、カバンをひったくろうとしていただけだ。あの弁護士《べんごし》の羽《は》ぶりがいいのは知《し》っていたから……はあ……」

大学生《だいがくせい》は息《いき》を整《ととの》えながら、話《はなし》を続《つづ》ける。

「でも、なぜかとつぜん、ブレーキが利《き》かなくなってね、そのまま——。やっぱりバイクの運転《うんてん》なんか、するもんじゃないな」

彼《かれ》が単純《たんじゅん》にお金目的《かねもくてき》だったのか、それともセイラムのことを知《し》っているのか、それはまだわからない。

でも——やったことは、確実《かくじつ》に犯罪《はんざい》だ。

「カバンはどこに？」

「……ここだよ」

自分《じぶん》の背後《はいご》に置《お》いていたカバンを、大学生《だいがくせい》はイツキにわたした。

「――私《わたし》、警察《けいさつ》を呼《よ》んでくる」

「うん。お願《ねが》い、ツグミさん」

ツグミが階段《かいだん》を下《お》りていった後《あと》、入《い》れちがいのようにマリーが階段《かいだん》を上《あ》がってやってきた。

（あ……マリーのこと、忘《わす》れてた）

つばさになったことでつかれているのか、それとも大学生《だいがくせい》が近《ちか》くにいるからなのか、マリーは何《なに》も言《い》わず、ただイツキの足元《あしもと》でこちらの顔《かお》をながめるだけだった。

イツキはカバンを開《あ》け、財布《さいふ》を取《と》り出《だ》す。

その中《なか》には――。

（あった！）

古《ふる》い一万円札《いちまんえんさつ》。セイラムだ。

イツキはそれを取《と》り出《だ》した。

――その時《とき》、突然《とつぜん》、強《つよ》い風《かぜ》がふいた。

お札《さつ》はイツキの手《て》をはなれ、ビルの屋上《おくじょう》から落《お》ちていく。

「あ……」

とっさにイツキはお札《さつ》をつかもうと、手《て》すりから身《み》を乗《の》り出《だ》した。


――悪魔《あくま》とけいやくした者《もの》には、不幸《ふこう》が訪《おとず》れる。

間口《まぐち》はセイラムのお札《さつ》を使《つか》い続《つづ》けた。

自分《じぶん》の望《のぞ》みをかなえつづけた。

だからこそ……不幸《ふこう》が早《はや》くやってきたのかもしれない。


そして、その不幸《ふこう》が――。

今《いま》、イツキにも訪《おとず》れた。


気《き》がつけば、イツキの身体《からだ》は屋上《おくじょう》から投《な》げ出《だ》されていた。

あやまって、バランスをくずしてしまったのだ。

「――イッキ!!」

落下《らっか》するイッキを助《たす》けようと、だれかが屋上《おくじょう》から飛《と》び出《だ》した。

（あれは……マリー？）

いや。

それは紙《かみ》きれでも、ハムスターでも、つばさでもない。

イツキの目《め》に見《み》えたのは——。

かわいらしい金《きん》ぱつの女《おんな》の子《こ》が、手《て》をのばしている姿《すがた》だった。

18話《わ》

大学生《だいがくせい》は窃盗《せっとう》とひき逃《に》げの罪《つみ》で、警察《けいさつ》に逮捕《たいほ》された。

どうやら彼《かれ》は以前《いぜん》から、同《おな》じようなひったくりをくり返《かえ》していたようだ。

一方《いっぽう》、その大学生《だいがくせい》にバイクでひかれた弁護士《べんごし》の間口《まぐち》だが、運《うん》よく軽《かる》いケガですんだそうで、一週間《いっしゅうかん》もすれば、病院《びょういん》から退院《たいいん》できるという。

伯父《おじ》さんが結局《けっきょく》、彼《かれ》の罪《つみ》を警察《けいさつ》にうったえなかったこともあって、間口《まぐち》は逮捕《たいほ》されずにいる。

それは別《べつ》に、伯父《おじ》さんが間口《まぐち》に情《なさ》けをかけたわけではない。

彼《かれ》に刑務所《けいむしょ》に入《はい》ってもらうわけにはいかない理由《りゆう》が、あったからだ。

そして、イツキは――。

今《いま》、いつもの図書室《としょしつ》で、物語《ものがたり》を書《か》きあげようとしている。

五階建《ごかいだ》てのビルの屋上《おくじょう》から落《お》ちたにもかかわらず、イツキは奇跡的《きせきてき》に無事《ぶじ》だった。

ケガ一《ひと》つ、負《お》っていなかったのだ。

大学生《だいがくせい》を追《お》う時《とき》に空《そら》を飛《と》んだのと、屋上《おくじょう》からの転落《てんらく》を何人《なんにん》かに見《み》られていたせいで、その後《ご》、けっこうなさわぎになってしまったが、事情《じじょう》をハルトやツグミから聞《き》いた伯父《おじ》さんが、なんだかんだとうまくごまかしてくれたようだ。

イツキが無事《ぶじ》だった理由《りゆう》については、マリーが説明《せつめい》してくれた。

「実《じつ》は、言《い》っていなかった『ルール』が、もう一《ひと》つあってな……『悪魔《あくま》とけいやくした者《もの》は、同《おな》じように悪魔《あくま》とけいやくした人間《にんげん》にしか、殺《ころ》せない』――というものだ」

それ以外《いがい》の原因《げんいん》では、けいやく者《しゃ》が死《し》ぬことはないのだそうだ。

「弁護士《べんごし》のヤツが死《し》なずにすんだのも、その『ルール』のおかげだろう。……もっとも、不老不《ふろうふ》死《し》というわけではない。ふつうに年《とし》はとるし、寿命《じゅみょう》が来《く》ればけいやく者《しゃ》であっても死《し》ぬ」

そうであっても、引《ひ》きかえにしょっちゅう今回《こんかい》のような災難《さいなん》が起《お》こるならば、けいやくを続《つづ》けることがいいとは思《おも》えない。

やはり、イツキには物語《ものがたり》を完成《かんせい》させ、それを悪魔《あくま》たちに認《みと》めてもらう必要《ひつよう》があるのだ。

――それと。

マリーの説明《せつめい》は、全《すべ》てが真実《しんじつ》ではないと、イツキは思《おも》っていた。

けいやく者《しゃ》が死《し》なないことが本当《ほんとう》だとしても、ケガ一《ひと》つしなかったことの理由《りゆう》にはならない。

あの時《とき》、イツキは落下《らっか》しながら気《き》を失《うしな》ってしまったし、マリーもそれについては何《なに》も話《はな》さないので本当《ほんとう》のところはわからないが……。

きっと、あの女《おんな》の子《こ》が――。

いや、マリーが、イツキのことを助《たす》けてくれたんだ。

物語《ものがたり》を書《か》いている途中《とちゅう》、ハルトが図書室《としょしつ》にやってきた。

「ゴメンな。あの時《とき》、おれが『悪魔《あくま》を追《お》え！』なんて言《い》わなきゃ――」

たしかに――今《いま》になって冷静《れいせい》に考《かんが》えれば、だが――別《べつ》にセイラムを追《お》う必要《ひつよう》なんてなかったのだ。だって悪魔《あくま》は、けいやくが解除《かいじょ》されない限《かぎ》り……勝手《かって》にけいやく者《しゃ》の元《もと》に帰《かえ》ってくるのだから。

ただハルトはあの時《とき》まだ、そこまでは知《し》っていなかったし、結局《けっきょく》バイクを追《お》いかけたのは、イツキ自身《じしん》の判断《はんだん》だ。

このことでハルトを責《せ》める気《き》など、イツキにはさらさらなかった。

むしろ、イツキが怒《おこ》っているのは――。

「ハルトくんさ、なんで悪魔《あくま》のことを知《し》ってるって、だまっていたわけ？」

「……それは、こっちのセリフでもあるけどな」

「……まあ、そうだね」

「悪魔《あくま》については、父《とう》ちゃんがかくしていた昔《むかし》の日記《にっき》を読《よ》んで、前《まえ》から知《し》ってたんだよ」

「日記《にっき》？」

「ああ。父《とう》ちゃん——子供《こども》のころ、お前《まえ》と同《おな》じように悪魔《あくま》とけいやくしちゃってたんだ」

「え!?」

おどろいたが、納得《なっとく》のいくこともいくつかある。

伯父《おじ》さんが、悪魔《あくま》とのけいやくについてやたら詳《くわ》しかったこと。

もちろん、秘密《ひみつ》の書庫《しょこ》の管理者《かんりしゃ》だから、というのもあるだろうが、それにしても知《し》り過《す》ぎているような気《き》がしていた。

「一応《いちおう》さ、おれなりに役《やく》に立《た》とうと、裏《うら》でいろいろと調《しら》べてたんだぜ。ネットでオカルトの専門《せんもん》家《か》に相談《そうだん》したりさ」

「へえ……そんな人《ひと》のこと、どうやって知《し》ったの？」

「そこは……まあ、な」

急《きゅう》にハルトが口《くち》ごもる。

「ほら……あれだよ！　おれのネットスキルの高《たか》さってやつ？」

「ぼくにはよくわからないけど……すごいんだね、ハルトくんって」

「その通《とお》り！　だから今後《こんご》も、何《なに》かあったらおれをたよれ！　引《ひ》っこしても、新学期《しんがっき》からは同《おな》じ学校《がっこう》に通《かよ》うんだろ！」

「うん。わかったよ、ハルトくん」

「——その『ハルトくん』ってのはやめてくんない？　同《おな》い年《どし》なんだし、呼《よ》び捨《す》てでいいよ」

「……そうだね、ハルト」

彼《かれ》のことは最初《さいしょ》、苦手《にがて》なタイプだと思《おも》っていた。

だけど、これからは——いい友達《ともだち》になれそうだと、イツキは思《おも》った。


物語《ものがたり》が完成《かんせい》に近《ちか》づいたころ、ツグミがイツキを訪《たず》ねてきた。

「どう、順調《じゅんちょう》？」

「まあ、なんとか。伯父《おじ》さんにもいろいろとアドバイスしてもらっているし」

「どんなお話《はなし》を書《か》いているの？」

「——物語《ものがたり》はけいやく者《しゃ》の体験《たいけん》にもとづいた内容《ないよう》じゃなきゃいけない。だから……そのままだよ。ぼくがこの夏《なつ》に経験《けいけん》したことを、そのまま書《か》いているんだ。もちろん、登場人物《とうじょうじんぶつ》や出来事《できごと》を『ぼうけんもの』っぽくアレンジしてね」

「へえ……面白《おもしろ》そう！」

「ぼくが勇者《ゆうしゃ》で、ハルトはすごうでの剣士《けんし》、そして、ツグミさんはなぞの魔法使《まほうつか》い——そんな感《かん》じなんだけど、どうかな？」

ツグミは、ちょっと微妙《びみょう》そうな顔《かお》をした。

「魔法使《まほうつか》いなのはともかくとして……私《わたし》って、そんなになぞかな？」

「うん。式神《しきがみ》を使《つか》うのもそうだし、なぜかゆうかいされそうになっているし……」

「フフ……そのあたりのことも、いずれ教《おし》えてあげるわ。わたしたちの学校《がっこう》に転校《てんこう》してくるんでしょ？」

「でも、ツグミさんとは学年《がくねん》がちがうから、そんなに会《あ》えないと思《おも》うな……」

「そんなことないわ。同級生《どうきゅうせい》としか遊《あそ》んじゃいけないって決《き》まりはないでしょ？」

「まあ……そうだけど」

「でもその前《まえ》に——物語《ものがたり》を書《か》き終《お》わったら、私《わたし》も呼《よ》んでよね。マリーちゃん以外《いがい》の悪魔《あくま》にも会《あ》ってみたいし」

そう言《い》われても、イツキはツグミの家《いえ》がどこにあるのかも、電話番号《でんわばんごう》も知《し》らない。

そのことを告《つ》げると、ツグミはまた、不敵《ふてき》に笑《わら》った。

「だいじょうぶ。ハルトには教《おし》えてあるから」

「！　いつの間《ま》に……」

「それじゃあ、また来《く》るね！」

そう言《い》ってツグミは帰《かえ》っていった。

――マリーがボソッと、こんなことをつぶやいた。

「二人《ふたり》の男《おとこ》を手玉《てだま》にとっておる……あのむすめ、やはり恐《おそ》ろしい女《おんな》だ……！」


書《か》きはじめてから一週間《いっしゅうかん》。

八月《はちがつ》も、もうすぐ終《お》わろうというころ。

ようやく――イツキの物語《ものがたり》は完成《かんせい》した。

十枚《じゅうまい》ほどの紙《かみ》に書《か》かれたそれは――。

イツキだけに出《だ》された、夏休《なつやす》みの宿題《しゅくだい》。

その、成果《せいか》だ。

エピローグ

イツキは伯父《おじ》さんと二人《ふたり》、秘密《ひみつ》の書庫内《しょこない》で他《ほか》の人《ひと》たちが来《く》るのを待《ま》っていた。

その間《あいだ》、伯父《おじ》さんと少《すこ》しだけ話《はなし》をする。

「伯父《おじ》さん、あのさ……」

「なんだい？」

「ここにある紙束《かみたば》——全部《ぜんぶ》、ぼくと同《おな》じように悪魔《あくま》とけいやくした人《ひと》たちが、書《か》いてきたんですよね」

「……ああ、そうさ。そうやって長《なが》い時間《じかん》をかけて、物語《ものがたり》は続《つづ》いてきた」

「この物語《ものがたり》はこれからも……ずっと続《つづ》いていくんでしょうか？」

「さあな……それは、だれにもわからない」

その時《とき》、一人《ひとり》の男性《だんせい》が書庫《しょこ》に入《はい》ってきた。

彼《かれ》に伯父《おじ》さんが声《こえ》をかける。

「やあ間口《まぐち》さん。退院《たいいん》、おめでとうございます」

「……」

「そんな顔《かお》をしないでください。状況《じょうきょう》については説明《せつめい》したでしょう？　あなた――いえ、あなたといっしょにいるセイラムがいなければ、けいやくの解除《かいじょ》ができないんです」

「……わかっていますよ。ふう……」

ため息《いき》をつきながら、間口《まぐち》は壁《かべ》にもたれかかった。

「さて。あとは――」

次《つぎ》に、息《いき》を切《き》らしながらハルトがやってきた。

「ゴメンゴメン。練習《れんしゅう》が長引《ながび》いちゃってさ。でも、そのおかげで――」

ハルトの背後《はいご》から、ツグミが顔《かお》を見《み》せる。

「途中《とちゅう》でツグミさんと会《あ》えたぜ！」

そう言《い》って、ハルトは親指《おやゆび》を立《た》てながらウインクしてみせた。

「これで全員《ぜんいん》そろったな。では――そろそろ、はじめるとしよう」

伯父《おじ》さんが棚《たな》からいくつかの紙束《かみたば》を取《と》り出《だ》し、ひもをほどきはじめる。

その間《あいだ》に、間口《まぐち》が財布《さいふ》から古《ふる》い一万円札《いちまんえんさつ》を取《と》り出《だ》した。

ゆかに並《なら》べられた、動物《どうぶつ》の絵《え》がえがかれた三《さん》枚《まい》の紙《かみ》。

その横《よこ》に旧一万円札《きゅういちまんえんさつ》と、紙《かみ》のハムスター。

「それじゃあ、全員《ぜんいん》出《で》ておいで」

伯父《おじ》さんの呼《よ》びかけに応《おう》じ、マリー以外《いがい》の四《よん》体《たい》が変形《へんけい》をはじめる。

ヤギのジル。

ブタのウラド。

サメのラハブ。

ミミズクのセイラム。

そして――ハムスターのマリー。

五体《ごたい》の「紙《かみ》の悪魔《あくま》」が、勢《せい》ぞろいした。

ツグミが興味深《きょうみぶか》そうに、彼《かれ》らのことを眺《なが》めている。

けいやく者《しゃ》でないハルトにも、紙《かみ》に宿《やど》った状《じょう》

態《たい》の悪魔《あくま》たちのことは見《み》えているようだ（正《ただ》しく言《い》うならば彼《かれ》らそのものではなく、変形《へんけい》した『紙《かみ》の姿《すがた》』だけが見《み》えているということなんだろう）。

「よし。それじゃあイツキくん。彼《かれ》らに語《かた》って聞《き》かせるんだ。君《きみ》の書《か》いた物語《ものがたり》を」

「……ねえ、伯父《おじ》さん」

「なんだい？」

「ぼくの書《か》いた話《はなし》、だいじょうぶかな？　もし、悪魔《あくま》たちに気《き》に入《い》られなかったら——」

「……おれは脚本《きゃくほん》を書《か》く時《とき》、まず自分《じぶん》がそれを面白《おもしろ》いと思《おも》えるように心《こころ》がけている」

「？」

「それが結局《けっきょく》、他《ほか》の人《ひと》にも楽《たの》しんでもらえることにつながるからだ。だから君自身《きみじしん》が、自分《じぶん》の物《もの》語《がたり》に自信《じしん》を持《も》っているのならば——きっとだいじょうぶさ」

伯父《おじ》さんに背中《せなか》をおされ、イツキは一歩前《いっぽまえ》に出《で》る。

そして、持《も》っていた紙《かみ》に書《か》かれた文章《ぶんしょう》を、読《よ》みはじめた——。

——全《すべ》てを読《よ》み終《お》えた後《あと》、まずはジルが前足《まえあし》で器用《きよう》に小《ちい》さなはくしゅをはじめた。

「うむ。なかなか、良《よ》かったと思《おも》うぞ。少《すく》なくともマサキが書《か》いたものよりは、よっぽど出来《でき》がいい」

「……コホン」

伯父《おじ》さんが小《ちい》さくせきばらいをする。

それを無視《むし》して、ジルはイツキにこう告《つ》げた。

「我《われ》は認《みと》めよう。貴様《きさま》の書《か》いた物語《ものがたり》を」

そのしゅんかん、イツキの持《も》っていた紙《かみ》が、わずかに光《ひかり》を帯《お》びる。

そしてすぐに、その光《ひかり》は消《き》えた。

……今《いま》のがきっと、悪魔《あくま》が認《みと》めたことの証《あかし》なんだろう。

ハルトが歓声《かんせい》をあげた。

「やったな！　イツキ」

「いや、まだだよ。残《のこ》り四体《よんたい》の感想《かんそう》も聞《き》かないと——っていうかハルト、悪魔《あくま》の声《こえ》が聞《き》こえるの？」

「ん？　ああ」

……まあ、それも別《べつ》におかしくはないのか。伯父《おじ》さんだって悪魔《あくま》たちと話《はな》せているわけだし。

その伯父《おじ》さんがねむそうにしているブタに声《こえ》をかける。

「ウラド。お前《まえ》はどうだった？」

そういえばイツキが、このブタの姿《すがた》を見《み》たのは今日《きょう》が初《はじ》めてのことだった。

「……ん？　ああ、まあ、いいんじゃないの。それより……腹《はら》が減《へ》ったんだが、何《なに》か食《た》べ物《もの》はないのか？」

「がまんしてくれ。紙《かみ》に物《もの》を食《た》べさせることはできない。……とにかく、お前《まえ》も認《みと》めるってことでいいんだな？」

「ああ、それでいいよ。ふああ……」

ウラドは大《おお》きなあくびをしながらも、イツキの物語《ものがたり》を認《みと》めてくれた。

物語《ものがたり》の書《か》かれた紙《かみ》が再《ふたた》び光《ひか》り、そして元《もと》にもどる。

これで二体目《にたいめ》。

……だが、ここで問題《もんだい》が起《お》こった。

「わたくしめは——認《みと》めません」

ラハブがこんなことを言《い》い出《だ》したのだ。

「ど、どうして!?」

イツキがたずねると、ラハブはこんなふうに答《こた》えた。

「特《とく》に理由《りゆう》はありません。ただ……あなたの困《こま》る顔《かお》が見《み》たいから。それだけです」

「そんな！」

「やはり最後《さいご》に、試練《しれん》が待《ま》ち受《う》けていないと面白《おもしろ》くないでしょう？　けいやくを解除《かいじょ》するためには『紙《かみ》の悪魔《あくま》』五体《ごたい》が認《みと》めなければならない。だが、そのうちの一体《いったい》がこれを認《みと》めようとしない……さあイツキ。あなたならこの状況《じょうきょう》をどう、乗《の》りこえる？」

そう言《い》って笑《わら》い出《だ》すラハブを見《み》ながら、ジルがため息《いき》をついた。

「……またはじまったか、ラハブの気《き》まぐれが……これは長《なが》くなるぞ」

どうにかして、彼女《かのじょ》に認《みと》めさせる方法《ほうほう》は、何《なに》かないものか。

イツキがなやむ中《なか》、ツグミが伯《お》父《じ》さんにこんなことをたずねた。

「あのう……ちょっと、いいですか？」

「ああ。なんだい？」

「物語《ものがたり》を認《みと》める『紙《かみ》の悪魔《あくま》』五体《ごたい》というのは——ここにいるメンバーでなければダメなんでしょうか？」

伯《お》父《じ》さんは少《すこ》し考《かんが》えた後《あと》、こう答《こた》えた。

「——いや。どの『紙《かみ》の悪魔《あくま》』でなければならない、というのはなかったはずだ。もし他《ほか》に『紙《かみ》の悪魔《あくま》』が存在《そんざい》するのならば、それでもいい。だがそんなものは――」

「……たとえば『式神《しきがみ》』は――『紙《かみ》の悪魔《あくま》』のうちに、入《はい》りますか？」

それを聞《き》いて、伯父《おじ》さんはハッとなる。

「たぶん……だいじょうぶじゃないかな。その成《な》り立《た》ちこそちがうが――式神《しきがみ》もまた、一種《いっしゅ》の『紙《かみ》の悪魔《あくま》』だと言《い》えるだろう」

「……トモゾウ！」

ツグミが自分《じぶん》の式神《しきがみ》を呼《よ》び出《だ》した。

「あなたも聞《き》いていたでしょ？　イツキの物語《ものがたり》。どうだった？」

「――フォフォフォフォ！　わしとしては、楽《たの》しませてもらったぞ。子供《こども》が書《か》いたにしては、上出来《じょうでき》じゃ」

トモゾウの声《こえ》を初《はじ》めて聞《き》いたが、見《み》た目《め》は子供《こども》のオオカミなのに、おじいちゃんみたいな話《はな》し方《かた》をするなと、イツキは思《おも》った。

「わしで良《よ》ければ、その物語《ものがたり》を認《みと》めてやるぞ」

物語《ものがたり》の紙《かみ》がまた、いっしゅんだけ光《ひか》った。

……どうやらこれで、ラハブを説得《せっとく》する必要《ひつよう》はなくなったみたいだ。

「ほほう、そう来《き》ましたか。式神《しきがみ》とは――」

ラハブが感心《かんしん》したような声《こえ》を上《あ》げる。

「ファンタースチカ！」

今《いま》のはどういう意味《いみ》だろうか。伯父《おじ》さんにたずねる。

「『素晴《すば》らしい！』とか、そんな感《かん》じかな……たぶん」

ともあれ、これで三体目《さんたいめ》。

あとは――。

「ボーイ。どうやら今回《こんかい》は、いろいろとごめいわくをかけてしまったようですね」

セイラムが話《はな》しかけてきた。

「自分《じぶん》のけいやく者以外《しゃいがい》の者《もの》に、害《がい》をなすつもりはなかったのですが」

「セイラム。君《きみ》は――」

「一《ひと》つだけ、忠告《ちゅうこく》しておきます。一口《ひとくち》に悪魔《あくま》と言《い》っても――その性格《せいかく》は、さまざまです。我《われ》は……けいやく者《しゃ》の願《ねが》いをかなえ、そして不幸《ふこう》にすることを、至上《しじょう》の喜《よろこ》びとする者《もの》。人間《にんげん》にとってはタチの悪《わる》い悪魔《あくま》だと言《い》えるかもしれません。ですが……もっとやっかいな考《かんが》えの悪魔《あくま》も、この世《よ》のどこかには存在《そんざい》するのです」

「……」

「ボーイが今後《こんご》、そのような悪魔《あくま》に出会《であ》うことがないよう、祈《いの》っていますよ――我《われ》も認《みと》めましょう、あなたの物語《ものがたり》を」

紙《かみ》が光《ひか》った。

残《のこ》るは――あと一体《いったい》！

「――マリー」

イツキは、夏休《なつやす》みの間《あいだ》ずっと行動《こうどう》を共《とも》にしてきた、悪魔《あくま》に話《はな》しかけた。

「君《きみ》も……認《みと》めてくれるよね？」

「……」

マリーは何《なに》も答《こた》えない。

ずっと、おしだまったままだった。

「どうした？　マリー」

今度《こんど》は伯父《おじ》さんが、マリーに話《はな》しかける。

「……」

「……そうか、お前《まえ》――イツキくんと別《わか》れるのが、いやなんだな」

「！　そ、そんなことはない!!　……ただ、我《われ》のかつやくするシーンが、ちょっと少《すく》ないなって思《おも》っていただけだ。——認《みと》めてやるさ、フン」

そう言《い》って、マリーはそっぽを向《む》いてしまった。

紙《かみ》が先《さき》ほどよりも強《つよ》く、光《ひかり》を放《はな》ちはじめる。

やがてその光《ひかり》は、球状《きゅうじょう》になって紙《かみ》の上《うえ》にうかび上《あ》がり——。

とつぜん、イツキに向《む》かってつっこんできた。

「うわっ!?」

びっくりして、イツキは思《おも》わずしりもちをつく。

「おい、だいじょうぶか!?」

ハルトがかけより、イツキの身体《からだ》を引《ひ》き起《お》こしてくれた。

「いたた……ありがとう、ハルト」

もう、光《ひかり》はどこにも存在《そんざい》しない。

イツキの身体《からだ》の中《なか》に入《はい》りこみ、消《き》えてしまったのだろうか？

「……よし。これで完了《かんりょう》だ」

伯父《おじ》さんがそうつぶやいた。

「たった今《いま》、イツキくんとマリーのけいやくは解除《かいじょ》された……はずだ」

伯父《おじ》さんはポケットから紙《かみ》を一枚《いちまい》取《と》り出《だ》し、それをイツキにわたした。

「それを破《やぶ》いてみなさい」

「はい……」

イツキはゆっくりと、その紙《かみ》に力《ちから》をこめる。

——苦労《くろう》することなく、紙《かみ》は縦《たて》に引《ひ》きさかれた。

「……どうやらうまくいったみたいだな。良《よ》かったではないか」

そうイツキに話《はな》しかけてきたのは、マリーだった。

「あ、けいやく解除《かいじょ》しても、ふつうに話《はな》せるんだね」

「当《あ》たり前《まえ》だ。我《われ》らとマサキが話《はな》しているところを、お前《まえ》だって何度《なんど》も見《み》ているだろうに」

「そういえばそうだった」

とはいえ、このあとマリーたちは、伯父《おじ》さんの手《て》によって再《ふたた》びひもでしばられ、封印《ふういん》されることになるのだろう。

そうすれば、もうマリーとは——。

——いや、そうじゃない。

イッキはマリーに近《ちか》づき、そっと耳打《みみう》ちした。

「あのさ、マリー」

「なんだ？　けいやくが終《お》わった以上《いじょう》、もうお前《まえ》なんぞに用《よう》はない。さっさとあっちに行《い》け！」

「また――ここに遊《あそ》びに来《く》るよ」

「……うん」

――みんなで秘密《ひみつ》の書庫《しょこ》を出《で》た後《あと》、イッキは自分《じぶん》の書《か》いた物語《ものがたり》の紙《かみ》を、間口《まぐち》に手《て》わたした。

「はい、これ。あとでもう一度《いちど》、ちゃんと読《よ》んでおいてくださいね。これより前《まえ》の話《はなし》は、伯父《おじ》さんが原稿《げんこう》を持《も》っていますから」

「……」

間口《まぐち》は無言《むごん》で、それを受《う》け取《と》った。

「次《つぎ》は、あなたが物語《ものがたり》を書《か》く番《ばん》ですよ――間口《まぐち》さん」

時代《じだい》をこえ、書《か》き手《て》を変《か》えながら――。

物語《ものがたり》は、続《つづ》いていくのだ。

？・？・？

▼レオン

〈こんにちは。ごぶさたしています。
先日《せんじつ》の件《けん》ですが、少《すこ》しだけトラブルもありましたが――。
おかげさまで、無事《ぶじ》に解決《かいけつ》しました。
一応《いちおう》、ご報告《ほうこく》までに〉

▼エルルカ

〈そうですか。それは何《なに》よりです。
今回《こんかい》はあまりお役《やく》に立《た》てませんでしたが……。
また何《なに》かあったら、ご連絡《れんらく》ください。
それと……九月《くがつ》になりましたが、まだ残暑《ざんしょ》の厳《きび》しい日々《ひび》です。
お体《からだ》にお気《き》をつけください〉

▼レオン

〈はい。ありがとうございます。
まだ、少《すこ》し気《き》の早《はや》い話《はなし》になりますが――。
秋《あき》が過《す》ぎれば、やがて冬休《ふゆやす》みです。
その時《とき》には……久《ひさ》しぶりに、会《あ》いにいってもいいでしょうか？
もちろん、父《とう》ちゃんにはきちんと許可《きょか》を取《と》ります〉

▼エルルカ

〈もちろん。大《だい》かんげいです。
私《わたし》とお父《とう》さんのことで、あなたにはいろいろと苦労《くろう》をかけ、申《もう》し訳《わけ》なく思《おも》っています〉

▼**レオン**

〈だいじょうぶです。
最近《さいきん》、新《あたら》しい友達《ともだち》もできましたし。
この前《まえ》に相談《そうだん》したのがそいつのことで、イツキって言《い》うんです。
いつか機会《きかい》があれば、紹介《しょうかい》しますね〉

PHPジュニアノベル　も-1-1

●著／mothy_悪ノP（モッチー・アクノピー）
ボカロP、作家。ストーリー性の強い"物語音楽"を得意とし、『七つの大罪シリーズ』と呼ばれるボカロ楽曲群は、それぞれが繋がりのある壮大な世界観を形成している。2010年8月に楽曲の語られざる物語を執筆した小説『悪ノ娘　黄のクロアテュール』で作家デビュー。本シリーズは『悪ノ娘』『悪ノ大罪』シリーズとして全12巻を発刊、2017年秋に完結を迎えた。ノベルのほかにも楽曲制作、漫画原作の執筆などマルチな活躍を見せている。

●装丁イラスト・キャラクターデザイン／柚希きひろ（ゆずき・きひろ）
漫画家、イラストレーター。漫画やゲーム、雑誌、単行本などで活躍。おもな作品に『劇部ですから！』シリーズ（池田美代子 著／講談社青い鳥文庫)、『赤毛のアン』『アルプスの少女ハイジ』（以上、学研プラス）などがある。本書では、装丁イラストのほか、イツキ、ハルト、ツグミ、伯父、マリーのキャラクターデザインを手掛けている。

●挿絵イラスト・キャラクターデザイン／△○□×（みわしいば）
イラストレーター、漫画家、作家。自作のフリーホラーゲーム「Alice mare（アリスメア)」のノベライズ版を自ら執筆し、作家デビューを果たす。その後も数々のフリーゲームを制作・公開し、そのいずれもがノベライズ版が発売されているほか、オリジナルコミック『ノットイーヴィル！』(PHP研究所）を発表するなど、活動の幅を広げている。本書では、挿絵イラストのほか、マリー以外の紙の悪魔たちや、マンション住人のキャラクターデザインを手掛けている。

●デザイン
株式会社サンプラント

●組版
株式会社RUHIA

●プロデュース
小野くるみ（PHP研究所）

悪《あく》ノ物語《ものがたり》　紙《かみ》の悪魔《あくま》と秘密《ひみつ》の書庫《しょこ》

2018年3月2日　第1版第1刷発行

著　者　mothy_悪ノP
イラスト　柚希きひろ、△○□×（みわしいば）
発行者　瀬津　要
発行所　株式会社PHP研究所
東京本部　〒135-8137 江東区豊洲5-6-52
児童書出版部　TEL 03-3520-9635（編集）
児童書普及部　TEL 03-3520-9634（販売）
京都本部　〒601-8411 京都市南区西九条北ノ内町11
PHP INTERFACE　https://www.php.co.jp/
印刷所・製本所　図書印刷株式会社

ISBN978-4-569-78748-0

NDC913　191P　18cm